Unsere Eltern wussten es nicht mehr,

aber unsere Kinder werden es erleben,

wenn wir den Mut haben,

uns davon zu überzeugen.

Reinheit

Christoph Pesch

Rheindahlener Str. 78
D-41189 Mönchengladbach

3. Auflage 1998

Gesamtherstellung:
Kossuth Druckerei AG, Ungarn

ISBN 3-927 685-49-6

Best.-Nr.: 124.2

INHALTSVERZEICHNIS

VORWORT

Reinheit - ein etwas unbequemes, unmodernes Thema in der heutigen Zeit, in der doch in fast jedem Film, in sämtlichen Büchern, in Werbung, Mode und Zeitschriften deutlich genug gezeigt wird, daß es mit das Höchste sein muß und sehr wichtig zu sein scheint, den Körper des anderen möglichst schnell zu erobern. Ein beliebtes Thema für Witze, Karikaturen und Sketche, wenn nicht das beliebteste überhaupt: die Macht der Geschlechtskraft, das Äußerliche.

Die Musikszene arbeitet damit: provokative Erscheinungen, Texte über One-Night-Stands (eine-Nacht-Akte). Die Refrains: "Tonight's the night! Yeah tonight!" Es ist alles vorbereitet, um die Freitag- und Samstagnächte zu würzen. Poster, Texte und Filme geilen die Jugendlichen auf, bis sie nur noch einen Wunsch haben: endlich den Partner zu finden, der ihnen alles gibt, was sie haben wollen. Ginge es hierbei um Verständnis, Achtung, Liebe und Ehrlichkeit, dann wäre wohl kaum etwas einzuwenden. Aber es geht darum, endlich auch das zu erleben, wovon einem schon so lange vorgeschwärmt wird: sich überall anzufassen und der Geschlechtslust ungebremst nachzugeben. Selbst die Verheirateten scheinen sich nicht selten zu langweilen in ihrer Beziehung und wünschen sich nochmal was "Junges, Knackiges, mit dem so richtig die Post abgeht". Daß hierbei die Männer andere Gewohnheiten haben als die Frauen, ist nicht zu leugnen. Nacktfoto neben Nacktfoto in den Schränken vieler Industrie- und Handwerksumkleideräume, Kalender in den Büroräumen, auf denen sich junge Frauen und Mädchen mit vollem Busen nackt präsentieren, den Kopf in den Nacken gelegt, Mund auf, Beine breit. Man fragt sich doch, welches Verhältnis haben diese Kalenderverehrer zu ihren Frauen, denn so viele ledige Männer kann es doch gar nicht geben? Jugendzeitschriften geben mit Bilderserien Anleitung für erotische Spielchen. In fast jedem Supermarkt sind die Zeitschriftenregale neben einigen Programm-, Klatsch- und Comiczeitschriften voll mit pornographischen Heften. Stellungen und Abwechslungsanregungen im Geschlechtsverkehr werden angepriesen wie Lockerungsübungen. Filme sind für jeden erhältlich, in denen Menschen, aus was immer für Gründen, ihr Treiben haarklein zeigen.

Allgemein wird den jungen Menschen geraten, Erfahrungen im Körperlichen zu machen, um bei eventueller Heirat sicher sein zu können, daß man geschlechtlich harmoniert. Klartext: Man soll solange rumprobieren, bis man den Partner gefunden hat, der möglichst im gleichen Augenblick zum Höhepunkt kommt wie man selbst. Kinder 'macht' man dann, indem man die Pille wegläßt, wie ja jeder weiß.

Nicht, daß eine gute Figur deshalb so gefragt ist, weil das ethische Empfinden heute so anspruchsvoll ist, sondern weil man mit einer guten Figur am besten zu seinem Ziel kommt: auffallen, reizen, den Joker ziehen (d. h. den oder die Partner(in) angeln, den/die man gerade will). Filme und Videoclips zeigen ja, wie man sich am reizendsten zu kleiden, zu bewegen und zu geben hat.

Das Gefühl zweier Menschen, sich gegenseitig körperlich befriedigen zu wollen, nennt man mittlerweile 'Liebe'. Man spricht sogar von 'Liebe machen'.

An einer Tankstellenkasse zu finden: eine Werbung für eine Landkarte, in der die Nachtclubs und ähnliche Lokale vermerkt sind. Werbeslogan dazu: Liebe an der Autobahn. Schnell und leicht zu finden.

Was stört mich eigentlich daran? Was können die anderen dafür, daß ich damit anscheinend nicht klarkomme? Seit es die breite Palette an Verhütungsmitteln bis hin zur Abtreibung und Sterilisation (ein sehr sauberes Wort) gibt, ist der Gedanke der Reinheit ohnehin lächerlich. Heute wird das Kondom als Schutz gepriesen. Was wäre auch gegen all das einzuwenden? Erstens muß man sich doch ein schönes Leben machen, und zweitens will es die Natur doch so, oder?

Aber ich will nicht stur anklagen und das aufzählen, was jeder selber täglich sieht oder erlebt. Übertrieben habe ich bei weitem nicht.

Was will ich überhaupt?

Reinheit - was ist das? Keuschheit?

Ich will in diesem Buch erzählen, wie ich einen Weg fand, den ich hier einfach 'Reinheit' nenne.

Viel Lebenserfahrung kann ich als 24jähriger nicht vermitteln, doch das, was ich erfahren habe, ist für mich Grund genug, den Wunsch zu haben, jedem mitzuteilen, daß es etwas gibt, das unsere Eltern nicht mehr wußten. Das klingt sicher fast so spannend wie die Geschichte von einem verborgenen Schatz.

Ob das Buch einen Wert hat, kann sicher nicht allgemein geklärt werden, da es subjektiv geschrieben ist.

Ich möchte in den folgenden Kapiteln nur nahebringen, daß es etwas gibt, was der heutigen Jugend nicht vorenthalten werden sollte.

Vorurteile

Wie fremd und fern war mir das Wort geworden, das in bezug auf die Zweisamkeit mehr Hohn als Achtung erhielt:

Reinheit.

Schien es mir doch, als müsse man sich zusammenreißen und die Zähne zusammenbeißen, um vor der Ehe rein bleiben zu können. Würde solch ein Leben nicht viel zu anstrengend sein, wenn um mich herum jeder weiter täte, was alle tun, und alle davon sprächen und ihre Witze machten, wenn sie wüßten, daß ich mich gewisser Dinge enthalten würde? Ging es nicht im Großteil aller Filme darum? Als sei es am wichtigsten, daß man den Körper des anderen erobert?! Würde mich denn nicht der Neid auf das scheinbar 'freie' Leben der anderen zernagen? Ist es überhaupt möglich, in der heutigen Zeit rein zu bleiben? Im stillen dachte ich früher, daß die Kraft, so zu leben, nur den Engeln und sogenannten Heiligen oder Auserwählten 'von oben' geschenkt würde und sich unsereiner in Ketten legen lassen müßte, ehe er das Gefühl bekäme, rein sein zu können.

Was verstand ich überhaupt unter Reinheit? Ich dachte wahrscheinlich so wie viele: Reinheit ist, wenn es vor der Ehe nicht zum 'Letzten' kommt und man sich nicht überall berührt und nicht zu heftig küßt. Im stillen hielt ich Reinheit, wie viele, für Dummheit.

Das war so mein Vorurteil über eine Art zu leben, von der sich zu überzeugen so wenige Menschen bereit sind, teils aus Unglaube, teils aus Feigheit.

Aber wie kam es überhaupt zur Konfrontation mit diesem Thema? Das ist, wie man sagt, eine lange Geschichte ...

Wahrscheinlich verlief mein Leben nicht viel anders als das der meisten Jugendlichen heutzutage. Als Kind merkte ich, daß es etwas gab, was die Erwachsenen und Jugendlichen besonders interessierte. Ich begriff nicht, worum es ging, da ich es nicht nachvollziehen konnte. Zu beobachten war nur, daß die Gesichter der Verwandten oder Be kannten ein bestimmtes Grinsen zeigten, wenn die Witze in diese Richtung gingen. Manchmal hatte ich das Gefühl, sie hätten sich diesem Grinszwang auch nicht widersetzen können, wenn sie es gewollt hätten. Lange verstand ich nicht, was die Kinder auf der Straße oder in der Schule oder die Erwachsenen so witzig fanden, bis ich später herausfand, daß es zweideutige Bemerkungen gab, die ganz leicht zu entschlüsseln sind, wenn man sie auf den Körper oder den Geschlechtsakt bezieht. So war es selbst schon im Kindesalter seltsam und löste ein Grinsen und Tuscheln aus, wenn ein Lehrer zufällig solche Worte brauchte.

Wir wußten zwar nicht, warum wir lachten, aber die älteren Kinder und Erwachsenen taten es doch auch. Sämtliche Schimpfworte und Kraftausdrücke reichten in dieses Gebiet. Den wenigsten Kindern sagte man, warum das alles so seltsam ist. Es wurde einfach aufgenommen und nachgemacht.

Später wurde immer deutlicher davon erzählt, was es alles so gibt und was ganz toll sein muß, denn die Älteren sagten es ja. Sketche zeigten im Fernsehen, wie es einen Mann verwirrte, wenn ihm ein üppiger Ausschnitt unter die Nase gehalten wurde oder sich ein Röckchen hob. Was war so toll an einem wackelnden Po?

Wir Kinder nahmen alles auf und wurden damit groß. Mit ca. 11 Jahren entdeckte ich durch Zufall, daß es ein berauschendes, fast lähmendes Gefühl ergab, wenn ich die Handdusche auf meinen Unterkörper richtete. Mir wurde erst lange Zeit später klar, daß dies das Gefühl war, dem alle so ergeben sind. Obwohl Schulkameraden damals schon Witze über Selbstbefriedigung machten, war mir zu dem Zeitpunkt gar nicht bewußt, daß ich genau diesem Phänomen auf die Spur gekommen war. Mir hatte auch niemand einmal ernsthaft erklärt, daß sich zu diesem Zeitpunkt etwas in mir ändern würde und wie ich damit umgehen sollte. Kumpel sprachen immer öfter über solche Dinge, sprachen von Knutschen und Fummeln, und wir begannen dann Zeitschriften zu lesen, in denen tatsächlich gezeigt wurde, um was es geht, so daß die kindliche Unbefangenheit schließlich zerriß.

Das war es also, was die Erwachsenen so vergötterten. Da ich nun länger aufbleiben durfte, sah ich auch in Filmen öfters, daß es die Menschen letztendlich immer wieder ins Bett zog. Meine Gedankenwelt wurde sehr bald von Assoziationen dieser

Art beherrscht. Durch Filme, Poster in meinem Zimmer, Zeitschriften, Witze und Erzählungen und aufreizend angezogene Schulkameradinnen fühlte ich mich bereits mit 14 Jahren immer öfter genötigt, mich zu befriedigen. Dabei dachte ich dann an die Mädchen, die ich mir heimlich wünschte und malte mir die phantastischsten Dinge aus.

Die Parties liefen immer auf das gleiche hinaus: Meistens wurde 'Flaschendrehen' gespielt. Ein Spiel, bei dem der eine dem anderen sagen kann, wen er wie und wie lange zu küssen hat. Hier entstanden oft neue Freundschaften. Das Äußerliche war immer das Entscheidende. Immer häufiger kam der Wunsch auf, mehr zu erleben als nur Küsse. Endlich mal das erleben, wovon alle nur träumen. Die Freundschaften wechselten fast monatlich. Immer mehr wurde erwartet. Wo immer es mir unbeobachtet möglich war, lenkte ich meinen Blick auf Beine, Brüste, Lippen, Pos. Die anderen taten es ja auch. Das schien so das Spiel der Welt zu sein: lernen, wie man reizt und sich daran zu ergötzen. Welche Rolle die Form des Busens, des Pos, der Beine oder der Lippen bei der Frage spielen, ob man jemanden liebhat, habe ich bei allem nie richtig verstanden. Es ging doch meistens um ein 'Habenwollen'. Der Charakter war nie das Wichtigste bei der Partnerwahl, auch wenn es immer wieder behauptet wurde. Schließlich konnte man ja Schluß machen, wenn man die Nase voll hatte. Ich kannte nur wenige, die während ihrer Jugend nur einen Freund oder eine Freundin hatten. Im Bann dieser anerzogenen, suggerierten Lust veränderte sich meine Lebenseinstellung: Ich dachte und lachte anders. Cool sein war alles.

Heimlich bedauerte man die Jugendlichen, die streng erzogen waren und deshalb nicht mitmachten. Wer sich nichts traute, wurde belächelt.

Besonders Nonnen und Mönche wurden verlacht. Schließlich erzählte man sich, daß von den Bistümern hohe Summen für Alimente gezahlt werden. Ich scherte Gott, Kirche, Zölibat und alle Gerüchte und schlechten Beispiele mit Genugtuung über einen Kamm. Das derzeitige Christentum wirkte zu unglaubwürdig auf mich. Warum half Gott denn nicht, wenn es Ihn gab? Wir fanden keine akzeptablen Vorbilder bezüglich eines gotterfüllten Lebens, dafür aber genug Filmidole, die alles im Griff zu haben schienen. Es schien, daß der Mensch sich nur selbst helfen kann. Wer fragte denn noch nach Gott? Die Politiker? Die Wissenschaftler? Die Ärzte?

"Wozu Gott, wenn wir alle sozial gut drauf sind?"

Der Sinn des Lebens bestand für uns Jugendliche darin, möglichst viel zu erleben, berühmt und ohne Anstrengung reich zu werden, um alles zu genießen und zu erreichen, was etwas zählt in der Welt.

In diesem Sinne waren wir Jugendlichen uns alle einig. Alle hatten dasselbe Ziel: wenn schon, denn schon ...

Wie stolz waren wir, wenn wir wieder mit einem neuen Partner noch ungehemmter zusammenkamen. Unser Ziel war es: sich noch intimer zu berühren, aufeinanderzulegen, auszuziehen. Ein Sieg nach dem anderen. Daß das Leben überhaupt einen tieferen Sinn haben könnte, wurde kaum noch in Erwägung gezogen. Das war auch gar nicht wichtig.

Auch das noch

Ich war fast 16 Jahre alt, als meine Mutter anfing, über 'positives Denken' zu sprechen und sich langsam veränderte. Sie, die nervlich total am Ende war, oft Dinge zerbrach, hysterische Weinanfälle hatte, bei denen sie klagte: "Ich kann nicht mehr!", die depressiv war, von Minderwertigkeitskomplexen gequält, von Verspannungen und Darmbeschwerden sowie einer Trigeminusneuralgie gemartert, wurde auf einmal selbstbewußter, kräftiger, gesünder und zuversichtlicher. Sie rückte bald mit der Sprache heraus, daß sie in einem Freundeskreis sei, in dem man zusammen auf geistigem Weg Kraft aufnehmen könnte, wodurch Heilungen zustandekämen. Meinem älteren Bruder, meinem Vater und mir fiel es schwer, sie ernst zu nehmen, da wir uns intellektuell für viel weitschauender hielten. Sie riet mir aber ernsthaft, mich in diese Lehre einführen zu lassen, da ich gesundheitlich auch Hilfe benötigte, denn ich hatte von Kindheit an Bronchitis, Heuschnupfen, Ekzeme und Allergien. Ich mußte mich nach dem Baden am ganzen Körper eincremen, da sonst meine Haut riß. Ich ging also zur Einführung in diese Lehre, die auf das Wirken und auf die Aussagen des Heilers Bruno Gröning (1906-1959) zurückgeht. Es ging hier ausgerechnet um das, was mir in den letzten Jahren aus dem Sinn gekommen war: um den Glauben an

Gott. Auch das noch! Aber es war alles so leicht verständlich und einfach, daß ich dachte: "Wäre ja schön, wenn es tatsächlich so wäre."

Es war hier die Rede von einer göttlichen Kraft, auch Heilstrom genannt, die jeder Mensch aufnehmen könne, wenn er sich mit nicht überkreuzten Beinen und Armen so hinsetzt, daß dabei die Handrücken auf den Oberschenkeln ruhen. Diese Kraftaufnahme nennt der Freundeskreis 'Einstellen'. Bruno Gröning sei hierbei der Vermittler, der sich nicht zwischen Gott und die Menschen stellt, sondern wie ein Wegweiser zu Gott hinführt. Die göttliche Kraft, so wurde weiter behauptet, spüre dann die Krankheit auf und könne sie, wenn man es glaube, beseitigen.

Irgendwo mußte doch ein Haken an der Sache sein. Es hörte sich alles so einfach an - zu einfach. Aber ich fand keinen Haken. Nachdem ich durch ein langes Gespräch in die Lehre eingeführt war, stellte man mir frei, mich davon zu überzeugen, und ich konnte nun mit dem Wissen tun, was ich wollte. Ich war weder Mitglied geworden, noch hatte es etwas gekostet. Ich war tatsächlich nur informiert worden und konnte nun an den Gemeinschaftsstunden teilnehmen. Ich fühlte mich nicht geködert, sondern war überrascht. War das jetzt eine Sekte? Oder Personenkult? Ich ging zur nächsten Tagung und lernte Menschen kennen, die Heilungen erlebt hatten, die medizinisch nicht zu erklären sind: Süchte, Verformungen, Geschwüre -

einfach weg. Rheuma, Augenschwäche, MS, Asthma, Schuppenflechte, Angina Pectoris, Lähmungen verschwanden durch die heilende Kraft. Objektive Nachuntersuchungsdokumente, EKGs und Röntgenaufnahmen, Urin- und Blutproben bewiesen dies. Bruno Gröning hatte behauptet: "Es gibt kein Unheilbar." Er sagte auch: "Der Mensch muß in die göttliche Ordnung kommen."

Ich spürte diese Kraft am eigenen Körper und erlebte selber die Hilfe und Heilung, da die Bronchitis und die Ekzeme bald verschwanden. Die Allergien wurden immer weniger. Über 16 Jahre hatte ich mich damit herumgequält und auf Hilfe gehofft. Nun war es also soweit? Ausgerechnet durch Gott! Es war tatsächlich Wahrheit! Auch mein Bruder wurde frei von Heuschnupfen und starken Verdauungsbeschwerden. Meine Mutter wurde gesund, und wir brauchten keine Medikamente mehr. Wie sollte ich das nur meinen Freunden klarmachen?

Ich erzählte aber niemandem davon. Selbst meiner damaligen Freundin nicht. Wer hätte mich verstanden? Langsam wurde mir jedoch immer klarer, daß es tatsächlich so war, wie es die Lehre Bruno Grönings und der Freundeskreis behaupteten: Es gibt zwei Kraftquellen, die gute, göttliche und die zerstörende, böse. Und unsere Gedanken bestimmen, wo wir angeschlossen sind. Wer sollte mir das abnehmen? Ich empfand es früher ja auch nicht.

Alles schien mir logisch, doch da ich keinen Mut hatte, es allen zu sagen, blieb ich bei meinen Kumpels der alte. Im selben Jahr gründeten wir eine Rockband, in der ich Sänger, Texter und Gitarrist war. Dies wurde mein Lebensinhalt. Ich baute die Lehre Bruno Grönings zwar in mein Denken ein, aber nur so weit, wie sie nicht in Konflikt mit meinen Zielen und Anschauungen geriet.

Alle drei Wochen samstags ging ich zur Jugendgemeinschaftsstunde des Freundeskreises, wo jeder seine Erfahrungen berichten durfte, wo wir Volkslieder sangen und musizierten, was mir ehrlich Freude machte. Insgeheim war ich froh, daß mich meine Kumpels nicht sahen, wenn ich hier in kindlicher Freude der Rock- und Bluesszene untreu wurde. Das Volkstanzen auch noch mitzumachen, war mir allerdings anfänglich doch zu lächerlich, bis ich mich dann davon überzeugte, daß es tatsächlich Freude macht und irgendwie befreit.

Rock und Blues im Probenraum, Feten und die übliche Lebenseinstellung waren mir jedoch wichtiger, so daß ich während der drei Wochen zwischen den Gemeinschaftsstunden wieder so war wie alle anderen Jugendlichen und nicht weiter darüber nachdachte.

Damals lernte ich ein Mädchen kennen, das mich sehr anzog, da es äußerlich dem entsprach, was ich so vor Augen hatte. Außerdem erweckte sie den Eindruck, daß sie auch von dem Drang erfüllt war, körperlich mehr zu erleben, so daß es mir klar wurde: Die ist es. Wir wurden tatsächlich Freunde und merkten, daß wir beide dem Zeitgeist innerlich zustimmten. Klartext: Es nahm die Form an, die ich seit früher Jugend verfolgt hatte.

Dann ging ich wieder in den Kreis der Bruno Gröning-Freunde. Wie in jedem größeren Freundeskreis kam es auch hier dazu, daß sich unter den Jugendlichen einige besonders zueinander hingezogen fühlten. So lernte auch mein Bruder dort seine heutige Frau kennen. Schließlich war es, wie man zu sagen pflegt, offiziell. Ich sah, wie sie einander begegneten und erlebte nie, daß sie sich in ihrem körperlichen Verhalten zweideutig oder ungeduldig verhielten. Es war eine Freude, sie zu sehen. Doch was war so anders? Diese Menschen gingen einen anderen Weg als ich. Was mir gleich auffiel, war, daß es hier kein öffentliches Geschmuse gab. War es Bruno Grönings Lehre, die Anleitung zur Gesundung und zum positiven Denken gibt, die den Jugendlichen die Kraft gab, sich den Zeitgeistgedanken der heutigen Welt zu widersetzen? Irgendeinen Vorteil mußte es doch bringen, denn wer tut schon etwas, ohne dabei was zu gewinnen? War es etwa der Wunsch, *besser* zu sein? Doch das schien mir nicht so. Dazu waren die Freunde hier einfach zu ehrlich. Ich fing an, diese Art von Freundschaft zu bewundern und zu achten.

Doch mein alter Bekanntenkreis, die ausgelassenen Feten, die Videos und Texte der Lieder rissen mich immer wieder in die pure Lust und Genußsucht. Ich hatte ja den freien Willen, der übrigens vom Bruno Gröning-Freundeskreis als höchstes Gut anerkannt wird!

Obwohl ich dort sah, daß es anders geht, kam ich nicht gegen den inneren Drang an, den ich weiter durch Witze und Sprüche anfeuerte. Ich sprach und tat weiterhin wie alle Kumpel und ging nicht gerade als gutes Vorbild voran. Schließlich hatte ich den Wunsch, körperlich möglichst viel zu erleben, jahrelang so gezüchtet und genährt, daß jede Faser meines Seins davon erfüllt war. Es kam soweit, daß ich mit diesem Mädchen rebellisch jene Welt eroberte, die in alten Sagen der Ehe vorbehalten bleibt. Wir befriedigten uns auf jede Art und Weise. Ich kam mir vor wie ein Sieger des Lebens. Doch selbst jetzt ließ die Phantasie beim Anblick anderer Mädchen nicht nach. Ich hielt das für normal. Jetzt verstand ich, gleich den meisten Jugendlichen, die altmodischen Alten nicht mehr. Sie sollten uns gefälligst in Ruhe lassen. Trotz des Wissens um eine Lehre Bruno Grönings waren es drei Dinge, die mich bannten: die Geschlechtslust, der Alkohol und die Musik.

Klartext: Sex, Drugs and Rock'n Roll.

Aber ich war nicht glücklich. Schulprobleme, Angst und Aggressivität hielten mich gefangen. Lange Zeit ging ich nicht zum Freundeskreis. Dann zog es mich doch wieder hin. Seit mehr als zwei Jahren war ich nun schon in die Lehre Bruno Grönings eingeführt. Ich sah, daß ein großer Kreis von Menschen entstanden war, die sich innerlich von der Wahrheit seiner Worte überzeugt hatten. Es geschahen immer neue Heilungen.

Immer mehr Menschen fanden den Glauben an Gott wieder.

Die Jugendlichen hier verbrachten ihre Freizeit nicht in Kneipen, Jugendheimen oder Diskotheken, um die Zeit totzuschlagen, sondern sie trafen sich und sangen, tanzten und musizierten. Sie hatten Freude, sahen sich in die Augen, waren ehrlich, waren wirklich Freunde. Altersunterschiede waren hier nur äußerliche Merkmale. Die Jugendlichen wirkten einfach frischer, natürlicher. Kein cooles Gehabe. Einfach frei fühlte man sich in diesem Kreis. Eine Lebensfreude ging von hier aus. Die Menschen wurden gesund, bekamen die Kraft, Gewohnheiten abzulegen, die sie störten. Zu glauben, daß Gott will, daß die Menschen frei und glücklich sind, wurde hier nicht belächelt.

Die Paare reiften zu liebeerfüllten und verständnisvollen Einheiten, die auf einem anderen Grund gewachsen waren als alle Freundschaften, die ich in der Welt gesehen hatte. Es wurde kein Hehl aus dem Glauben gemacht, daß es eine göttliche Ordnung gibt, die für den Menschen vorgesehen ist, damit er wieder in die Gottesnähe kommen kann. Dies gemeinsam zu erleben war das erste Ziel der Paare, die nach und nach meine heimlichen Vorbilder wurden. Ich ahnte, daß es kein Quatsch sein konnte, denn die Erfolge waren nicht abzustreiten. Waren es tatsächlich Gott und diese göttliche Kraft, die hier alles führten? Schließlich hatte ich selbst auch keine Ekzeme mehr und schon einiges an Besserung erlebt.

Ich wußte bald, daß mein Bruder und seine Freunde weitaus glücklicher waren und ein weitaus freieres Leben lebten als die, die so lebten, wie es alle tun. Ich konnte schließlich täglich vergleichen. In der alten Bekanntschaft Streit, Eifersucht, verdorbene Witze, Aggressivität, Null-Bock-Stimmung - im Freundeskreis Ehrlichkeit, gesunder Humor, Nächstenliebe und gegenseitiges Aufrichten und Mutmachen. Mir liegt nicht daran, die Bruno Gröning-Gemeinschaft in den Himmel zu heben, sondern nur zu beschreiben, was mich damals bewegte.

Doch was war es denn nun, was die Menschen hier veranlaßte, eine Art Reinheit zu suchen? Irgendwann erkannte ich, daß es an einem der Grundsätze der Lehre liegen mußte, nämlich: sich die göttliche Ordnung zu erbitten und dann die Kraft bewußt aufzunehmen, um zu ändern, was man in sich selbst als ungut empfindet. Dabei ist es wichtig, genau auf sein Gefühl zu achten und ganz ehrlich zu sich selber zu sein, um sich zu überzeugen, ob es einem bessergeht, wenn man manche Dinge anders macht oder sein läßt. Keine Dogmen werden gelehrt, sondern das Gefühl jedes einzelnen Menschen ist hier die Richtschnur des Lebens. Bruno Gröning ersucht die Menschen lediglich, dieser inneren Stimme wieder treu zu werden. Was ich an den Bruno Gröning-Freunden wahrnahm, war zu kostbar, als daß ich es als Spinnerei hätte abtun können. Es bestand kein Zwang, so oder so zu sein, um dabeibleiben zu dürfen. Auch spürte ich kein Ehrgeizen oder Wetteifern unter den Freunden - nur Freundschaft.

Noch immer war ich hin- und hergerissen. Ich sah meine alten Bekannten, die Filme etc. und andererseits die Gemeinschaft dieser seltenen, seltsamen Gottgläubigen.

Wie konnten Menschen nur so unterschiedlich sein?

Ich sprach mit meiner damaligen Freundin darüber, daß ich gerne anders leben würde. Ich stieß auf Unverständnis. Wir trennten uns. Die Rockmusik jedoch schien mir noch das Wichtigste. Ich spielte, sang, ging auf Feten und sah die alten Filme. Es zog mich wieder zu ihr. Wieder das gleiche. Immer wieder nur eines: der Drang nach Befriedigung. Dann wieder der Wunsch, die Gemeinschaft zu erleben. Was wollte ich eigentlich?

So bat ich Gott irgendwann, mich die göttliche Wahrheit erleben zu lassen. Die vermeintliche Liebe verschwand bei Vorenthaltung der Lustbefriedigung!

Von da an schien mein ganzer Lebenswandel fadenscheinig zu werden, und ich spürte auf einmal eine Leere in mir, ohne daß mich jemand beschwatzt hätte.

Es kam mir plötzlich vor, als hätte mir mein früheres Leben gar nichts gegeben und als hätte ich keine wirklichen Erlebnisse gehabt, die ein Leben wertvoll machen.

Daß es Gott gibt und daß Er helfen kann, war mir nun klar. Es lag nur an mir. Wenn ich mich verhielt wie 'alle Welt', dann wuchs diese Leere in mir und wurde zu einem Sehnen nach etwas anderem, doch ich wußte noch nicht, nach was.

Ein Gefühl des Aufbrechenwollens in ein anderes Leben. Kein Fliehen in eine Phantasiewelt, von deren Unwahrhaftigkeit ich irgendwann enttäuscht sein könnte, sondern ein Aufbrechen in die Seelenruhe und den Frieden, wo man nicht von stummen Zwängen regiert wird, sondern den Sinn des Lebens erkennt und ungehemmt bejahen kann!

Doch ich wußte nicht, wie und ob ich je dahin finden sollte. Zwar sah ich im Freundeskreis, daß es möglich war, in liebeerfülltem Ernst eine Einheit zu bilden, und doch fiel ich noch oft in den Trubel der alten Welt, des Flirtens und Berauschens. Diese Welt hing mir an wie ein Sklave, den ich einst im Griff zu haben glaubte, der mir nun aber über den Kopf gewachsen war und mein Leben zu zerreißen schien. Ich kam mir vor, wie auf einem Jahrmarktsrummel, auf dem um einen herum die seltsamsten Figuren tanzen, überall neue Attraktionen, Lärm, Ausgelassenheit. Nur keine Zeit finden zum Besinnen, Nachdenken, Erwachen. Ein Ekel erfaßte mich vor dem eigenen Gehabe, und meine Flucht war geplant: hin in die Reinheit, was immer das auch in Gänze sein mochte. Dieses Wort erschien mir wie ein Schlüssel.

Zur gleichen Zeit - vier Jahre, bevor ich begann, dieses Buch zu schreiben - begegnete ich meiner jetzigen Braut Heike.

Zu der Zeit, da ich mich entschloß - dem Rate Bruno Grönings entsprechend -, meinem Gefühl zu folgen, wurde auch sie in die Lehre eingeführt.

Eigentlich war ich froh, keine Freundin mehr zu haben, doch ich fühlte mich zu ihr hingezogen. Da ich sie nicht kannte, war es anfangs unbestreitbar auch das Äußerliche, das mich auf sie aufmerksam machte. Trotzdem sprach ich innerlich zu Gott: "Bitte vergib mir alles, was ich je falsch gemacht habe. Und wenn Du diese für mich bestimmt hast, dann laß es mich erkennen. Ich will ja nur ihr Freund sein. Nur Freundschaft soll uns einen." Ich hatte mich für etwas geöffnet, was ich vorher verlacht hatte: Enthaltsamkeit. Dieses rote Tuch des Sich-beherrschen-Müssens sollte nun vor mir stehen? Vor mir? Aber so war mir überhaupt nicht zumute. Es schien mir einfach selbstverständlich, daß in diesem Bereich mein Leben eine grundlegende Änderung erfahren müsse, wenn ich je zu einer freien, natürlichen Beziehung finden wollte. Es war eine schöne Zeit, in der das Leben endlich damit begann, mir die Sonnenseite zuzuwenden.

Die meisten Freunde gingen davon aus, daß der Geschlechtsverkehr der Ehe vorbehalten ist. Ich machte es ebenfalls zu meinem Ziel. Es schien einfach klar, daß es so richtig ist. Warum, wußte ich noch nicht. Vielleicht würde ich es später erfahren. Auf jeden Fall fiel es mir nicht schwer, voll hinter diesem Ziel zu stehen, auch wenn es so aussah, als wären es noch fünf bis sechs Jahre, bis wir eventuell heiraten würden, da Heike (damals 16) noch zur Schule ging und ich (18) noch zwei Ausbildungen vor mir hatte.

Frei wie ein Vogel

Bald stand mein Entschluß fest: Was auch immer die alten Bekannten sagen würden, ich wollte mich ganz in die Lehre Bruno Grönings vertiefen, die offenbar mehr enthielt als nur die Anleitung zum Gesundwerden eines Menschen. Ich verließ meine Rockband - für alle unverständlich, da sie bis jetzt mein Lebensinhalt war. Damit war der alte Kreis durchbrochen. Ich fühlte mich wie ein freigelassener Vogel. War es nun tatsächlich die göttliche Kraft, die mich da führte? Nachdem ich diese Entscheidung getroffen hatte, konnte ich mit 18 Jahren damit aufhören, mich einzucremen, was ich bis dahin jeden Tag tun mußte, da sich sonst meine Haut spannte und riß. Jetzt, nach meinem Entschluß, mein Leben zu ändern, erlebte ich auch da die Hilfe. Nun nahm ich mir die Zeit, endlich regelmäßig die Gemeinschaftsstunden des Freundeskreises zu besuchen. Es waren viele Jugendliche dabei, mit denen zu sprechen und zusammenzusein für mich etwas ganz Neues bedeutete. Diese Liebe untereinander, selbst zu den älteren und alten Freunden! Alle verband eine Freude und Liebe. Eine erlebnisreiche Zeit begann. Immer wieder lernte ich Menschen kennen, die Befreiung von Alkoholsucht, Aggression u. v. m. erlebt hatten, und das alles durch die Aufnahme des Heilstroms. Es war so ein erlösendes Gefühl, das Leben endlich als eine von Gott geschenkte Gnade empfinden zu dürfen. So erlebten wir gemeinsam, wie sich das Wort Bruno Grönings erfüllte: "Gott ist der größte Arzt. Es gibt kein Unheilbar." Da er auch gesagt hat, daß die Heilungen nur 5 % seines Wirkens ausmachten, entschloß ich mich dazu, mich von den restlichen 95 % auch zu überzeugen, und ging diesen Weg weiter.

Und da war dann Heike, die ebenso wie ich begann, in diesem Erlösungslicht aufzublühen.

Allein das völlig neue Umfeld und Interessengebiet war schon ein ganz anderer Mutterboden für unsere Bekanntschaft. Wir sangen Volkslieder, tanzten Volkstänze, und wir hörten klassische Musik. Im besonderen aber war das gemeinsame Streben nach Gott die verbindende Komponente in dieser Freundschaft.

Die vielen Heilungen und Hilfen erschütterten mich oft. Nicht selten brachen Menschen in Tränen der Ergriffenheit und Reue aus. Eine Dankbarkeit erfaßte uns. Dankbarkeit Bruno Gröning, aber besonders Gott gegenüber, auf den Bruno Gröning immer wieder hinwies. Gott, der immer so fern und unnahbar war, schien auf einmal ganz nahe zu sein. Man konnte Ihn bitten und erlebte tatsächlich Heilung, selbst an Tieren oder Pflanzen. Gott zu lieben war mir immer ein so unerfüllbar hohes Gebot gewesen. Was ist überhaupt Liebe? Dieses Gefühl im Bauch und Herzen, das einen durchrieselt, wenn man jemanden besonders mag? Mit der Erkenntnis, daß es nur Gottes Gnade war, die ich da erfuhr, begann in mir ein Gefühl zu wachsen, Gott ganz nahezukommen. Gedanken, die ich bei anderen früher als Spinnerei abgetan hätte, kamen in mir auf: Ich wollte diesen helfenden Gott kennenlernen. Gott zu lieben war allen Freunden so wichtig. Und mit der Liebe zu Gott wuchs auch die Liebe zu meinen Mitmenschen und zu Heike. Ihr ging es genauso. Es war also wirklich Gott, der die wahre Liebe schenkte?

Zu solchen Empfindungen war ich nie fähig gewesen. Ich lernte, daß jeder Gedanke wichtig ist, da er bestimmt, ob wir mit Gott oder mit dem alten Sog verbunden sind. Gedanken sind Kräfte. Diese scheinbare Theorie erlebte ich täglich. Durch Bruno Gröning waren Gott und der Weg zu Ihm wieder realer geworden, als ich es je für möglich gehalten hätte.

Manchmal krochen die alten Erinnerungen wie ein dunkler Nebel an mir hoch und wollten mir das Ziel ausreden. Dann mußte ich erleben, wie dadurch die Verbindung zur Freude und Liebe verschwamm. Dies lehrte mich, daß verschiedene Gedanken verschiedene Wirkungen haben. Immer besser verstand ich Bruno Grönings Behauptung, daß es 'den Bösen' wirklich gibt, der auch Gedanken schickt und mit diesen arbeitet. Es galt nun, genug Kraft aufzunehmen, um im Leben gut gegen diese Angriffe bestehen zu können. Ich wollte frei werden.

Wieviele Menschen sind noch als Sklaven ihrer Phantasien geknechtet, können nicht anders, so wie ich damals? Es sind keine bösen Menschen, aber ihnen fehlt die Kraft, gut zu denken. Sie alle sind der Unwissenheit und einer lange dauernden Irrfahrt ausgeliefert.

Ohne die Verbindung zu Gott konnte ich Heike einfach nicht liebhaben, und sie war mir fremd. Später erzählte sie mir, daß es ihr genauso ging. Erst als die Verbindung wieder da war, kam die Vertrautheit wieder. Ist das nicht seltsam? Warum war hier alles so anders?

Mein ganzes Leben lang ging es mir gleich mies. Immer war ich im gleichen Trott. Woran ich auch dachte, was ich auch tat: immer das gleiche beklemmende Gefühl, irgend etwas zu verpassen. Manchmal 'ne Laune, mal müde, mal frisch, ansonsten immer der gleiche Trott. Ich konnte mich nie richtig über etwas freuen.

Viel deutlicher wurden die Auswirkungen von guten und unguten Gedanken. Auf einmal gab es kein 'irgendwas denken' mehr, sondern nur noch ein 'Entweder - Oder'. Etwa nur, weil ich durch die geistige Mittlerschaft Bruno Grönings darauf kam, um die göttliche Ordnung zu bitten, und um Erkenntnis bat?

Ich erlebte tatsächlich, wie mich manche unscheinbaren Empfindungen im Nu verändern konnten. Warum war ich da auf einmal so sensibel?

Dann wußte ich es: Da ich Gott gebeten hatte, mich zu Ihm zu führen, mußte das Seine Hilfe sein, damit ich sehen konnte, wohin ich steuerte. Anders war es nicht zu erklären. Es ging oder geht fast allen Freunden so, die Bruno Gröning in ihr Herz aufgenommen haben. Auch Heike schien nicht die alte zu bleiben. Der Kampf um die guten Ziele begann in jedem einzelnen Freund.

Manchmal war ich den Gedanken zu unkontrolliert nachgegangen, so daß ich mich nicht wehren konnte und mich befriedigte. Jedoch empfand ich nur Ekel dabei und wollte besser auf meine Gedanken achtgeben. Jedesmal konnte ich zurückverfolgen, wann und wodurch ich dieser Lust wieder Freiraum gegeben hatte. Ich wollte frei werden davon und suchte immer den richtigen Weg aus diesem Gefängnis.

Mein in Gewohnheiten gefangener Körper bäumte sich immer wieder auf. Ich wußte mir oft nicht zu helfen.

Doch nun war mir der geistige Weg das Wichtigere.

Ich will ja nur ihr Freund sein

Ich lernte Heike mehr und mehr kennen, und mir fiel auf einmal auf, daß ich das frühere Verlangen nicht mehr empfand. Ich hatte nur einen Wunsch:

Freundschaft.

Eine Freundschaft, in der man einfach den Weg zu Gott gemeinsam erlebt, sich austauscht und hilft.

Nicht einmal ihre Hand wollte ich damals nehmen. Nicht weil ich etwa dachte, es wäre ungut, sich an die Hand zu nehmen, sondern der Drang war einfach nicht da. Ich dachte: Später, wenn wir geistig, d. h. seelisch mehr eins sein würden, dann wollte ich auch das Körperliche dazu erleben, aber es war nicht mehr das Wichtigste. Ich sah es sehr wohl als Bestandteil einer Beziehung an, aber es schien mir noch zu früh. Nachdem ich wußte, daß ich nicht Körper, sondern Geist bin und nur über das Geistige zu Gott komme, wurde mir klar, daß auch Heike Geist ist. Diesen Geist, den ich nicht sehen konnte, wollte ich kennenlernen. Wie anders sollte uns Gott näherführen als über eine einfache Freundschaft? Und diese Gedankengänge machten mich glücklicher als der Gedanke, bald ihre Hand zu nehmen. Endlich wußte ich, daß die Reinheit Wirklichkeit ist. Ich fühlte mich so wohl bei dem Gedanken, 'nur' ihr Freund zu sein. Seltsam.

Ein Psychologe würde vielleicht sagen: "Der Patient hat wahrscheinlich schlechte Erfahrungen mit körperlichen Kontakten gemacht oder in der Kindheit schwerwiegende Erlebnisse gehabt, so daß er nun eine unbewußte Angst vor Körperberührungen hat. Ihm fehlt nur die richtige Frau."

Meine Antwort: Ich wollte frei von dem Zwang werden und zu Gott finden. Das wurde mir das Wichtigste. Und alles, was ich auf diesem Weg als hinderlich empfand, mußte ich meiden, da ich zu dieser Zeit des Kennenlernens nicht wieder in die pure Lust verfallen wollte, sondern gerade im Begriff war, Heike als meine Schwester zu sehen. So waren die Gedanken an irgendeine Berührung sehr weit weg. Trotzdem empfand ich zu ihr eine so tiefe Zuneigung, wie ich sie nie erlebt hatte. Etwas Besonderes verband uns.

Wenn ich mit unangenehmen Empfindungen und Gedanken zu ringen hatte, dann bat ich Gott für Heike um Schutz und wehrte jeden Gedanken an sie ab. Es drängte mich nichts, sie berühren zu müssen. Ich war erleichtert, eine so große Änderung in mir wahrnehmen zu können. Damals erzählte ich den Freunden und meinem Bruder glücklich, daß es nicht der Wunsch nach Berührung sei, der mich an sie denken ließ, sondern das Sehnen nach einer verständnisvollen Freundschaft. Ich ahnte mehr dahinter.

Ich erfuhr den Weg zur Reinheit nicht als entbehrungsreich. Meine alten Gewohnheiten wurden ersetzt durch eine neue, köstliche Erfahrung: die Erfahrung der reinen Liebe. Reinheit war auf einmal mehr geworden als Selbstbeherrschung. Neue Gedanken wie Verständnis und Achtung wuchsen in mir, und die Beziehung wurde immer inniger.

Wir erfuhren, daß es auch in der Partnerwahl eine gottgewollte Bestimmung gibt, zu der der Mensch 'Ja' sagen kann und in der er besonders glücklich und von Gott geführt leben darf. Auch ein Geheimnis, das sich *dem* leichter zu erkennen gibt, der lernt, auf sein Gefühl zu achten und Gott fragt, was richtig für ihn ist.

So spürten wir bald, daß wir diesen Weg zu Gott gemeinsam gehen wollten. Ich fragte sie dann, ob es alle wissen dürften, und sie sagte 'Ja'. Irgendwann nahm ich sie doch an die Hand. Ich dachte mir, wenn man geistig mehr eins geworden ist, gehört das doch dazu. Doch damit schien wieder Öl auf das alte Feuer gegossen zu sein, da damit das reizende Gefühl wieder auferstand. Das Geistige schien mir in diesem Augenblick ein wenig untergraben. Obschon ich nichts Schlimmes dabei dachte und nicht mehr wollte als ihre Hand, so glich diese Wonne doch deutlich dem, was ich eigentlich begraben glaubte. Ungewollt schien hier ein Kreislauf entfacht worden zu sein. Es reizte mich, und ich wußte, daß dieser Reiz nur ein Vorbote war. Wir strichen uns bald über die Hände und glaubten, es gäbe nichts Schöneres. Ließen wir uns aber los, dann wich oft die Harmonie ganz schnell, und wir wurden über Kleinigkeiten uneins. Dinge, die der eine jeweils tat und die dem anderen nicht paßten, z. B. schlechte Angewohnheiten, Ansichten oder Verhaltensarten führten immer wieder zu Disharmonien. Gaben wir uns allerdings die Hände, dann waren die Uneinigkeiten wieder einerlei, bis wir wieder losließen. Doch war das der Sinn einer Beziehung, wie wir sie fürs ganze Leben suchten? Unarten zu dulden und dem anderen nicht zu helfen auf seinem Weg in die Ordnung?

Ich erlebte das Händereichen als das, was dieses alte Feuer wieder ein wenig anblies und es am Glühen hielt, obwohl ich es doch erkalten lassen wollte. Doch ich will nicht behaupten, daß es mir immer unangenehm bei einer Berührung war. Oft spürte ich einen Kraftaustausch, einen Strom in ihrer Hand, besonders wenn wir fest unsere Hände hielten. So wie ein: Ich bin da. Ich war fähig geworden, wirkliche Zuneigung und Achtung zu empfinden. Es war keine Abenteuerlust, sondern der Wunsch, ihr zu zeigen, wie ich innerlich zu ihr stand, wenn ich ihre Hand streichelte oder ihre Wangen koste. Ich empfand das Körperliche als veredelt. Doch es kam mir manchmal mehr wie ein Sekundeneffekt vor, als eine Hilfe zur inneren Einswerdung. Es war einfach nicht das, was ich tatsächlich suchte. Sicher fühlte ich mich ihr dadurch verbundener, aber nicht auf die Art, wie ich es wollte. Mein Innerstes sehnte sich nach mehr als einem schönen körperlichen Gefühl.

Wenn ich dann alleine war, waren zwar die Erinnerungen an die Berührung da, die uns verbanden, aber innerlich war mir Heike so fern und unbekannt. Ich brachte das nicht unter einen Hut. Auch Gott schien sich auf einmal wieder in einen Nebel gehüllt zu haben. Ich empfand Ihn auf einmal nicht mehr so nahe. Betrogen und abgelenkt kam ich mir vor.

Zuerst glaubte ich, ich müsse mich bemühen und mir einreden: "Das körperliche Sich-Näherkommen gehört dazu. Ich muß damit fertigwerden und mich damit abfinden." Doch es wurde mir zuviel. Ich war einfach nicht soweit und konnte auch nicht leugnen, daß es mich reizte. Und so wie sicherlich einige fragen: "Warum denn kein Händereichen um Himmels willen?", fragte ich mich: "Warum denn eigentlich Händehalten?"

Wir spürten, daß wir hauptsächlich die wahre, ehrliche Freundschaft suchen sollten. Sicher wäre es einfach gewesen zu sagen: Wir verstehen uns halt nicht, passen halt nicht zusammen, wenn wir jetzt schon um Harmonie kämpfen müssen. Man kennt es ja aus der Welt, daß man Feuer und Flamme ist und dann später die Routine, Langeweile und der erste Zank kommen oder eine neue 'Flamme', und dann wird halt Schluß gemacht. Wir spürten aber, daß wir uns gegenseitig helfen sollten in diesem Leben. Ohne Kampf kein Sieg! Sicher gibt es immer einen Menschen irgendwo, der noch hübscher ist, noch lieber, ganz andere Eigenschaften und ausgeprägte Talente hat, doch wenn man einmal die Bestimmung spürt, die einen zusammengeführt hat, dann ahnt man eine Aufgabe in der Beziehung: am anderen zu lernen und ihm zu helfen. Wieder eine Erkenntnis, die meine frühere Lebenseinstellung noch sinnloser erscheinen ließ.

In diesen Jahren vor unserer Gelobung wurde mir eines immer wichtiger: das Kennenlernen ihres Seelenlebens. Ich wollte nicht durch Schmusen taub und blind werden, sondern frei bleiben, um zu prüfen, ob wir wirklich harmonieren würden.

Wir sahen ein, daß uns der Weg zu Gott eigentlich noch so fremd war. Dann sprachen wir es aus und gaben uns seltener die Hände, um uns davon zu überzeugen, ob es uns fehlen würde. Natürlich könnte man sagen: Die Liebe zu Gott und die zu Heike sind doch zweierlei Dinge. Doch dies wollten wir nicht. Wir gaben uns also seltener die Hände und erlebten es wie einen Sieg. Wir waren so glücklich, daß wir es gleich empfanden. Wir hatten das Gefühl: So ist es viel schöner. Es war wie ein Neubeginn.

Nebenbei möchte ich doch betonen, daß es grundfalsch ist, das Händereichen als etwas Schlechtes darzustellen. Es ist gar nicht mein Wunsch, einem Paar zu sagen, sie sollen sich nicht die Hände reichen, weil da schon alles beginne. Oft ist ein Händedruck schließlich ein Kraftaustausch, das Zeichen: "Ich steh' zu dir." Manchmal weiß man nicht, wie man sonst die Gefühle mitteilen soll, dann sind Worte nur ernüchternd, und ein Händedruck sagt alles. Der Körper, ein kostbares Geschenk Gottes, das hier auf der Erde der Seele die materiellen Empfindungen mitteilt, ist ein wichtiges Werkzeug, das der Seele ermöglicht, sich auf der Erde mitzuteilen. Der Körper weist durch die Haltung und den Gesichtsausdruck, besonders durch die Augen, auf den seelischen Zustand eines Menschen hin. Was der Mund nicht sagen kann, sagt oft ein Blick. Manchmal kann auch die sinnliche Lust bei einem Blick oder Händedruck wieder angefeuert werden. Die absolute Ehrlichkeit zu sich selbst, also das Achten auf sein Gefühl, ist hier sicher das Wichtigste. Das muß jeder erleben und selbst steuern. Der Körper zeigt es an wie ein Seismograph. So sah ich den Körper nicht als etwas Schlechtes an, sondern beobachtete aufmerksam, wobei ich mich frei und wohl oder beklemmt und bedrängt fühlte. Das verstandesgebundene Denken hatte mich sehr abgestumpft. Doch mit der Zeit wurde ich empfindsamer für diese Sprache, mit der uns Gott auf einfache Weise zu führen begann. Oft durch unscheinbare Gedanken und rein seelische Regungen. Das Geistige kam mir dadurch immer vertrauter vor. Ich erlebte und empfand Heike als viel edler, und ich fühlte mich viel freier, je mehr ich die Erfüllung in dieser Gottverbundenheit suchte. Ich fing an, in den Körpern ein durchaus schönes und wertvolles Geschenk Gottes zu sehen, anstatt etwas, das zu erleben ganz toll sein muß. Ich begann zu lernen, daß Heikes Körper die

Schönheit ihrer Seele ausdrückte, anstatt in ihm eine Motivation zur körperlichen Begegnung zu suchen.

Ich sah wie mit anderen Augen und fühlte wie mit einem neuen Herzen.

Es ist mein Wunsch, daß die Menschen darauf kommen, daß es mehr gibt, als das, was bisher so zur Gewohnheit geworden ist. Wer will einem frischverliebten Jüngling weismachen, es gäbe noch Höheres als das Körperliche, wo er doch gerade kaum eine größere Wonne empfindet, als seine Liebste im Arm zu halten? Wer wird schon in solchen Zeiten bewußt sein Herz Gott zuwenden und dem Partner die zweite Stelle einräumen? Das scheint doch gegen alle Natur zu sprechen!?

Ich will erzählen, wie es uns ging, um zu sagen, daß es anders geht. Ob es so sein soll, wie ich es sage, weiß nur Gott.

Jeder von uns ist anders. Wenn der Mensch wirklich will und auch das Wissen hat, wie er mit Gott in Verbindung treten kann, hilft Er bestimmt und führt den Menschen. Jeden anders, jeden richtig!

Wir nahmen uns also vor, geistig mehr eins zu werden und ganz die Liebe zu Gott zu suchen. Da erlebten wir eine Zeit, in der wir uns so gut verstanden, daß das Glück immer größer wurde. Wir wußten nicht, wohin mit all der Zuneigung. Immer öfter drückten wir uns einmal oder strichen uns durchs Gesicht, bis wir beide spürten und in den Augen lasen: so nicht. Wir fühlten uns, als hätten wir uns ablenken lassen und irgend etwas vernachlässigt oder verpaßt, denn gestärkt hatte uns diese Art Körpernähe nicht, sondern berauscht. Uns beschäftigte das Gefühl, etwas anderes, Höheres vernachlässigt zu haben. Wir wußten nicht, was, aber daß. - Immer wieder abgelenkt.

Manchmal, wenn wir uns herzlich drückten oder an den Händen nahmen, war es einfach kindlich und ohne sogenannte Hintergedanken. Aber schnell war es passiert, daß vor lauter Wonne wieder eine Sinnlichkeit aufkommen wollte und sich mein Körper zur Zeugung bereitmachte. Doch wohin mit all der Liebe? Langsam erkannte ich, was mein Herz sich zurückersehnte: die kindliche Reinheit. Ach, hätte ich doch wieder zurückgedurft in die kindliche Unwissenheit! Doch nun mußte ich von da aus weiterkämpfen, wo ich durch den eigenen Willen gelandet war. Ich hatte diese Geschlechtskraft der Natur genährt und mußte nun sehen, wie ich damit umzugehen hatte. Daß dieser Trieb, wenn zwei Menschen sich näherkommen wollen, durchaus natürlich ist, wußte ich, doch das körperliche Verlangen schien überhand zu nehmen und stellte den Wunsch, geistig eins zu werden, zurück. Ich wollte nicht 'ins Kissen beißen müssen', um vor der Hochzeitsnacht hübsch brav zu sein, sondern wenn, dann wollte ich auch wissen, warum, und wie ich bis zur Ehezeit zufrieden leben könnte, ohne immer weitergehen zu müssen und heimlich die Monate zu zählen, bis der Tag kommen würde, an dem ich mich endlich gehenlassen dürfte. Natur hin oder her, ich wollte mich nicht fühlen wie der Knecht dieser Kräfte. Schließlich erkannte und erlebte ich, daß diese Kräfte, die uns so ganz irdisch-natürlich zusammentrieben, nur auf eine Art zu bändigen waren: Ich wandte mich auch diesmal an Gott, der mir schon so oft wie ein Freund geholfen hatte, und stellte meinen Seelenempfang bewußt auf die göttliche Kraft und Ordnung ein. Dann erlebte ich, wie diese irdischen Kräfte umgewandelt wurden in himmlische. Das erlebte ich so: An die Stelle des Wunsches nach körperlichen Kontakten trat der Wunsch, ganz mit Heike zu Gott zu gehen, sie zu achten, ihr zu helfen, sie zu führen und das, was sie mir sagte oder riet, dankbar anzunehmen als eine von Gott geschickte Hilfe. Ich hatte auf einmal die Kraft, mir all dies als Ziel zu stecken und daran zu glauben, obwohl ich doch noch kurz vorher anders dachte. War die Kraft tatsächlich umgewandelt erhalten geblieben, jetzt zur helfenden Kraft umgeformt? Schließlich blieb der Wunsch, etwas zu tun, aber das Ziel war ein anderes.

Es kam eine Zeit, in der ich zum ersten Mal den ehrlichen Wunsch in mir empfand, daß Heike Gott mehr liebt als mich, da ich erkannt hatte, daß wir nur dann glücklich sein können. Es wurde uns bewußt, daß wir auf der Erde sind, um zu lernen, und daß es unglaublich wertvoll ist, wenn sich ein Paar gemeinsam bewußt überzeugt. Sobald wir das Geistige an die erste Stelle setzten, war uns, als hätten wir eine unschätzbar hohe Bereicherung gefunden.

Wenn wir uns nicht mehr um uns selber drehten und uns gedanklich loslassen konnten, kam auch die wahre Liebe zu den anderen Menschen und zu Gott. Dann erfüllte uns vor allem der Wunsch mitzuhelfen, daß die Lehre Bruno Grönings die Menschen erreicht, weil alle Menschen erfahren sollen, daß die Seelenfesseln und Körperqualen nicht von Gott gewollt sind.

Wenn wir alle Menschen, wenn wir die Natur und Gott liebhatten, dann waren wir uns am nächsten. Es schien alles eins zu sein. - Warum hatte mir nie jemand gesagt, daß es solch einen Weg gibt? Sollte es tatsächlich keiner wissen? -

Wie war doch diese Freundschaft anders als alles, was ich mir bisher vorzustellen vermocht hatte. War es anfangs das Äußerliche, das mich zu ihr zog, so entdeckte ich doch mehr und mehr, wie schön sie innerlich ist. Ich sah auf einmal, wie schön jeder Mensch ist, wenn er glücklich ist.

So wurde der Wunsch tatsächlich immer größer: Ich will ja nur ihr Freund sein! Auf die Frage, was unsere Freundschaft denn überhaupt von der zu den anderen Freunden unterschied, kann ich meinesteils nur sagen: Das Besondere war eine innige Verbindung zu ihr, eine besondere Liebe, die mir das Gefühl gab, daß Gott uns tatsächlich einander gegeben hat. Ich war glücklich, mit ihr ganz besonders eins werden zu dürfen.

Das Besondere an einer Partnerschaft muß doch nicht das Körperliche sein. Ich behaupte, daß es sich dann zeigt, ob überhaupt etwas wirklich Besonderes zwischen zwei Menschen besteht, wenn einmal von dem Körperlichen abgesehen wird. Bei ständiger Berührung zu sagen: "Wir haben uns lieb und gehören zusammen", ist leicht. Wirklich frei zu prüfen und im Leben die Verbindung zu finden macht das Besondere aus. Nicht der Freifahrtschein des Körperlichen, sondern die innere innige Verbindung sollte eine Beziehung kennzeichnen und charakterisieren. Ich glaube, daß ich es, egal mit wem, als etwas Besonderes empfände, Hand in Hand spazierenzugehen. Jedoch so nebeneinander zu gehen und dabei Nähe zu empfinden, ist nicht mit jedem zu erleben. Es gibt etwas Geistiges; es gibt noch mehr - etwas anderes. Und dieses andere ist mehr. Die Menschen müssen auf den geistigen Weg aufmerksam werden, damit sie die Angst, etwas entbehren zu müssen, verlieren können.

Ich fühle mich bereichert und nicht beraubt, im Gegenteil: nur beschenkt. Wenn allerdings jemand sagt: "Na gut, dann lassen wir uns halt mal in Ruhe" und dann nur darauf achtet, wie er den Verlust empfindet und sich heimlich ärgert, daß irgendetwas fehlt, dann ist es kein Wunder, wenn dieser Weg als unnatürlich empfunden wird. Dann liegt es aber nicht am Weg!

Damals entstanden folgende Zeilen:

Und der Weg zur Reinheit begann, ...

... und ich fand,
geführt durch Gottes Hand,
die eine, die mir sollte
die alleinige werden.
Und ich wurd' ihrer ansichtig
und gewahrte in meinem
sehnsüchtigen
Herzen ein Frohlocken.
Und wir sahen einander an,
und der Weg zur Reinheit begann.
Von Einem, dem Reinen, geführt,
geschützt und auserkürt,
im Ernste zu wählen
den Weg und das Ziel,
und wir fanden in Ihm
den Halt,
wenn auch bald
mein Geist sich so erregte,
daß ihn das Glück bewegte,
nur noch die eine mit Gedanken
zu umranken.
Und mein Gemüt,
erst jüngst erblüht,
lag wieder in Ketten.
Unfrei, der Übertreibung wegen,
die ohne Segen war.
Doch konnte retten
das schmerzergriffne Herz

die Liebe, die reine,
zu dem Einen,
der mir die Würde gab,
Er brach der Bürde Stab,
und Reinheit zog in meine Seel',
und Blumen standen wieder auf
auf unsrer Seelenwiese,
und wie das Paradiese
kam durch der Reinheit Sieg
das Glück zurück.
Und so entstanden
der Freundschaft Treuebanden.
So kamen Stunden,
da wir gefunden
des andren warme Hand,
und da empfand
das Herze mehr und mehr
das Glück als schwer,
denn scheinbar war es nur die Hand,
die miteinander uns verband.
Doch fehlte uns die Nähe,
dann wehe.
Und so erlebten wir
der Welt scheinbare Wonne:
den Glanz der falschen Sonne.
Da fand das Herz den Mut
in Gott, der sprach:
"Sei nicht feige,
niemals schweige!"

Und wir sprachen
und brachen
den Trug.
Und so empfanden wir erneut,
ach, eine Zeit,
die von den Himmeln war erfüllt,
da jetzt die Seele hat gestillt
ihr Sehnen durch den Geist,
durch Freundschaft,
Freundlichkeit und Ehrlichkeit.
Und der Feigheit entblößt
entstand ein Herzenssingen,
ein göttlich Ringen
in allen Dingen.
Und am Himmel des Bundes
ersah unser Aug' das erste Rot
der Sonne, die wir empfanden in dieser Stunde
als wahre Treue, Reinheit, Mut.
Reinheit war Sieger.
Und wieder begann eine neue Zeit,
das Herze bereit und weit
für des Höchsten heilige Liebe.
Alles Dunkle sollte gehn.
Nicht alles konnt' das Herz verstehn.
Wie frei und hell und froh
war doch die Seele, wenn sie sah,
was übel war,
es ließ
und überdies
die Kraft bekam,

das Gute dann zu tun.
Nie ließ dies Ziel uns ruhn.
Oft des Kampfes müde
bat die Seel' um Frieden,
und ein Strahl des reinen Lichts
brach ein in diesen Kampf
und löste jeden Krampf.
Und dann lag wie am ersten Tag
der Rosen Schimmer auf unserm Haupt.
Und dann hab' ich geglaubt,
so würd' es immer sein,
wenn endlich rein und frei
dies Bündnis sei
von Eigendünkel und Erhebung.
Gott, gib uns Güte und Vergebung.
Und wenn des Glückes Maße gar
so rein und groß und himmlisch war,
dann sann das Herz, ob wohl auf Erden
noch mehr der Liebe könnte werden.
Wir scherzten und dachten
in Bildern und lachten
und sprachen durch Blicke
und waren im Glücke
ein Herz und eine Seele.
Wir hielten die Hände,
ach, nähm' es kein Ende!
Wohin mit der Liebe?
Da nahte erneut, verhüllend die Sonne,
der Welt lockende Wonne.
Sich spürend, berührend,

im andren verlierend,
wollte ein sinnlich Spiel beginnen,
doch als wir sahen verrinnen
der wahren Reinheit Glanz,
da traf uns bestimmend
die Stimme unserer Seele
und mahnte und riet.
Sie stellte uns frei
erneut vor den Weg.
Und wir entschieden
und mieden
das Weltengehabe.
Da traf uns des Herrlichen Licht,
und es gereute uns nicht.
Und wir lernten die Reinheit kennen
und schätzen und ließen verbrennen
im göttlichen Feuer die ird'schen Lüste
mehr und mehr.
Die wahre Sonne ging auf,
und weiter ging der Lauf.

Ich wünschte mir damals, daß ich mich, bis wir in die Ehe träten, überhaupt nicht mehr nach der körperlichen Begegnung sehnen würde. Ich wollte einfach eine Zeit erleben, in der ich frei sein könnte von allen Körperreizen. Zum einen, um nicht vom Weg zu Gott abgelenkt zu werden, zum anderen aber wollte ich wieder möglichst nahe an diese kindliche Unschuld heranfinden und erlebte tatsächlich, daß ich meine alten Wunschvorstellungen immer mehr verlor, je länger ich ihnen nicht mehr nachgegeben hatte. Ich war froh und frei bei dem Gedanken, daß ich ja Heike hatte, die mich verstand. Als freute sich mein Herz, daß es endlich das bekäme, was es immer gesucht hat: Freundschaft auf dem himmlischen Weg. Freiheit ist das Wichtigste. Ich wollte mein Empfinden auf die geistige Ebene konzentrieren. Später erst wurde mir klar, daß die reine Liebe nicht nur bis zur Ehe gehen soll, sondern durchs ganze Leben, und daß das, was wir nun erlebten, und überhaupt die Zeit vor der Ehe, die Zeit ist, in der das Fundament entsteht, auf dem die Ehe aufbauen kann oder sollte.

Wie sich auf diesem Weg das körperliche Begegnen in der Ehe abspielen würde, konnte ich mir damals nicht vorstellen, und ich weiß es auch heute noch nicht. Ich will auch keine Spekulationen darüber betreiben, doch eins weiß ich jetzt: Es soll uns niemals der Kitzel am Körperlichen zusammenführen oder der Gedanke: "Das ist einfach schön, das gönnen wir uns", sondern nur die reine Liebe. Eine Liebe, in der Körper und Seele eingebettet sind und geführt werden, um in vollstem Vertrauen gleichzuschwingen und nahezu ein Wesen zu werden im Bewußtsein, einer neuen Seele den Zugang zu einem Erdenleben zu ermöglichen, so Gott will.

Es stimmt nicht, daß man vor der Ehe körperliche Erfahrungen sammeln und es eine Entwicklung geben muß bis zur Hochzeitsnacht, damit sich keiner erschreckt oder etwa dumm anstellt. Das sind dumme Phantastereien solcher Menschen, die dem Körperlichen die Hauptbedeutung geben.

Wir dachten, daß das Körperliche dazugehört als etwas, woran sich der Mensch erfreuen soll, und gaben dem immer wieder mehr nach mit dem Gedanken: "Schließlich wollen wir einmal heiraten, dann geben wir uns ja alles, also dürfen wir jetzt schon mal Stück für Stück darauf zugehen." Bis wir erkannten, daß diese Denkweisen den Menschen von Kind auf suggeriert werden. Wie die Jugendlichen durch die Filme für dumm verkauft werden, kann sicher jeder einsehen, doch wo fängt die Wahrheit denn an?

Irgendwann dachte ich: "Ich will es wissen. Ich will nicht irgendwie leben, sondern so leben, daß ich damit zufrieden bin und nicht immer wieder die Zähne zusammenbeißen muß, weil ich glaube, daß ich es lernen muß, ohne innere Infragestellung so zu leben, wie es andere Menschen schön finden."

Mir widerstrebt, viele Worte zu verlieren, aber ist es denn nicht seltsam, daß es außer mir noch mehr Menschen gibt, die sich ein reines Leben wünschen?

Ich habe erlebt, daß dieser Weg immer neue Geschenke birgt. Geschenke in Form von Verständnis, Achtung, Liebe, Geduld. Ich weiß noch, wie Heike während einer Autofahrt neben mir im Auto lag und mir der Gedanke kam, ihre Hand zu nehmen. Doch das Gefühl: "Nein, laß sie!" war stärker. Als ich sie dann anschaute, war sie mir viel zu kostbar, um sie zu berühren. Sie erschien mir wie eine zarte Blume, die Licht und Luft und Wasser bzw. Liebe, Verständnis und Achtung braucht, aber keine Berührung, um zu gedeihen. Ich sah sie an, und dann dachte ich, daß ich sie eigentlich gar nicht kenne, da ich gar nicht weiß, wie ihre Seele aussieht. Ich wußte nur, daß sie ein Kind Gottes ist und ich sie zum Vater begleiten darf. Ich war auf einmal so froh, daß ich mit ihr das Licht suchen darf. Etwas Schöneres hatte ich früher nie erlebt. Mir wurde bewußt, daß wir beide freie Gedanken Gottes sind, die auf der langen Reise des Gotteinswerdens sind, und daß es darum geht, zu unserem Lebens-Urgrund zurückzufinden.

Auf einmal war der Begriff Zweisamkeit durch den Begriff Dreisamkeit ersetzt. Die Gottbezogenheit in unserer Freundschaft war mir von da an wieder neu und besonders klar geworden. Manchmal dachte ich, wir spielten in einem Märchen mit, das uns die wenigsten glauben würden.

Einmal saßen wir zusammen, und ich sagte zu ihr: "Wenn wir uns so liebhaben und uns drücken wollen, dann laß uns doch mal in dieser Liebe unser Herz zum Vater wenden, anstatt uns zu drücken. Vielleicht ist es ja Unsinn, aber überzeugen dürfen wir uns." Kaum hatte ich das gesagt, da sahen wir uns an, und uns wurde ganz seltsam zumute, und ich sah durch ihre Augen in andere Augen, und mir war, als schaute mich Gott an. Heike erlebte das gleiche. Sollte mein Wunsch richtig gewesen sein? Oder war es Zufall? - Solche Erinnerungen sollen die Leben der Menschen bereichern. Sie verdorren nicht wie Sommerblumen.

Ein anderes Mal saßen wir zusammen und gaben uns aus Gewohnheit die Hand. Nach Sekunden spürten wir, ohne zu reden, daß wir wieder loslassen sollten. Wir sahen uns an und folgten einfach dem Gefühl. Danach war die Freiheit und Freude viel größer, als wollte jemand sagen: Das Körperliche bringt's jetzt nicht! Wie ist so etwas erlebbar? Mit Heike erlebte ich oft, daß ich hohe Gefühle hatte, die ich 'himmlisch' nennen möchte, ganz anders als mit anderen guten Freunden. Diese Liebe drängte mich dazu, dann aufzumerken und zu empfangen, anstatt im Körperkontakt Erfüllung zu suchen. Und warum erlebe ich so etwas erst, seitdem ich von Bruno Gröning weiß? Ist das die Führung Gottes, oder sind es jugendliche Phantastereien? Heute bin ich davon überzeugt, daß wir in göttliche Bereiche geführt wurden.

Am freiesten und glücklichsten fühlte ich mich, wenn ich mich nicht an Heike hängte und sie nicht besitzen wollte. Wenn wir kleine Uneinigkeiten hatten, war oft stundenlanges Bemühen und Wurschteln umsonst. Weder fanden wir den Schuldigen noch die Lösung. Wenn ich jedoch Gott wie einen Vater um Hilfe gebeten habe und Heike bewußt an Seine Hand gab, dann klärte sich alles, ehe ich's gedacht. Solange ich irgendeine Verhaltensweise oder Einstellung von Heike erwartete, war ich nur enttäuscht. Wenn ich sie jedoch ganz freigab und mir bewußt machte, daß ich nicht das geringste Recht habe, ihre Entscheidungen durch meinen Willen zu beeinflussen, sondern nur bitten kann, daß wir beide die Wahrheit erkennen, dann war auf einmal eine geistige Einheit da, ein Verständnis, ein Zusammenhalt.

Aus dieser Sicht war es auch am einfachsten, die anderen Menschen liebzuhaben, so daß uns immer wieder der Wunsch ergriff, uns der Arbeit zu widmen, durch die vielen Menschen zu ihrem Heil verholfen werden kann. Uns war die Liebe zum Nächsten ebenso wichtig geworden wie unsere Liebe. Es gehörte einfach alles zusammen. Entweder man hat ein liebeerfülltes Herz oder nicht. Wir spürten immer deutlicher, daß es für jeden Menschen eine von Gott bestimmte Aufgabe gibt, und die heißt 'helfen'. Wenn der Mensch diese erfaßt, dann ändert er die Ziele seiner Freizeit, dann sind die eigenen Probleme wie weggeblasen, denn die anderen Menschen sind dann so wichtig. Jetzt erkannte ich langsam, was Reinheit ist:

Sich zu achten, zu lieben und einfach froh zu sein, miteinander zum himmlischen Vater gehen zu dürfen, sich im Zusammensein von der reinen Liebe führen zu lassen und nicht von Gewohnheiten oder vom Verstand.

Mit unserer Sehnsucht nach Gott verband sich der Wunsch, den Nächsten zu helfen und mit dem

Partner zu lernen, was wahres Glück ist. Die höchste Liebe ist Nächstenliebe.

Reinheit fordert Strenge und Verzeihenkönnen.
Reinheit - sich einfach liebhaben wie Kinder.
Rein sein heißt Kind sein.

Viele sagen: "Kinder schmusen doch auch gerne und reichen sich die Hände, also ist das doch nichts Schlimmes." Etwas Schlimmes ist es ohnehin nicht!

Aber wir sind keine Kinder in dem Sinne mehr, sondern uns ist es bestimmt, uns zu vermehren. Es geht darum, mit dieser Bestimmung umzugehen und wieder in ein kindliches Bewußtsein zu kommen, ein Reich zu gewinnen, in dem uns jede Art von Berührung und Anblick nicht mehr straucheln, sondern in allem das Göttliche erkennen läßt.

Es ist aber nicht damit getan, sich einzureden: Wir sind jetzt einfach kindlich, dann können wir ruhig allem nachgeben.

Wenn man sich unter Berufung auf sein kindliches Gemüt einfach gehenlassen dürfte, so wäre dies eine merkwürdige 'Reinheit', die nicht der Gottesliebe, Naturliebe und Wahrheitsliebe entsprechen kann.

Ob ich mich mit oder ohne Lustgedanken von irgendetwas Schönem einlullen oder berauschen lasse, ist nicht das Maßgebende, sondern die Frage: Was lenkt mich von Gott ab, und was erweitert mein Bewußtsein hin zu einer wachen, vollkommen bewußten Begegnung mit Gott? Was sonst kann es Wichtigeres geben?

Ich sehe das Geistige als die Sprache an, die uns noch fehlte, ohne die wir uns zu oft der Körpersprache bedienten, um mit ihr lange Reden zu halten, die uns zwar selbst faszinierten, aber nicht auf den Punkt brachten oder uns dem wahren Lebenssinn näherbrachten.

Ich bat Gott darum, daß Er uns verbinden möge und erlebte dann ein zuerst fremdes, doch beglückendes Gefühl einer inneren Nähe zu Heike, das allerdings verschwand, wenn ich eigenmächtig Nähe bewirken wollte. Nähe und Zärtlichkeit entpuppten sich als geistige Vorgänge, deren erbauendes Gefühl mich zur Weitersuche nach einer wahren himmlischen Verbindung anspornte.

Das unbewußte Sich-berieseln-Lassen durch körperliche Reize habe ich als das erkannt, was mich von der tätigen Suche nach dem Herrgott ablenkt. Es steht immer die Frage da: Zweisamkeit oder Dreisamkeit? Oder mit anderen Worten: Höre ich mich gerne lange reden, oder lasse ich mir lieber von Gott die richtigen, wenigen, passenden Worte geben? Das richtige Maß in allem muß erspürt werden.

Was ich erlebe, ist der Wunsch, den Weg zu finden aus dem heutigen Zeitgeist in ein Bewußtsein, in dem der Mensch von Gott geführt ist und alles mit Ihm erlebt. Ich weiß nicht, wann es den Menschen möglich sein wird, doch ich fange schon einmal an zu suchen und glaube, in dem Wort 'Schwesterliebe' den Schlüssel zu einem freien Kennenlernen in unserer Freundschaft gefunden zu haben.

Als bekannt wurde, daß ich dieses Buch schreibe, fragten mich oft Freunde, wie es mit diesem und jenem sei und wollten Rat und Lösung.

Auf alle Fragen antworte ich: Nehmt bewußt die göttliche Kraft auf! Achtet auf eure Gedanken und Gefühle! Mehr tat und tue ich nicht.

Ein Rat: Der Mensch sollte sich mehr seinem Nächsten und dessen Wohlbefinden widmen. Bei dieser Arbeit fallen einem nämlich die meisten Wackersteine aus den geistigen Taschen, und dann heißt es: "Ein Wunder! Ich bin frei!"

Die Trägheit ist eines Gottsuchenden größter Feind.

Wählt die Sprache und Art der Verbindung, die ihr versteht, aber sucht dabei weiter, anstatt einen lähmenden Standpunkt zu beziehen. Es kann durch die Hände ein Kraftaustausch stattfinden, wie ich sowohl beim Händereichen in einem Kreis der Freunde erlebte, als wir dabei sangen, als auch bei einem normalen Händedruck. Doch die Kräfte und Ströme, die oft durch das Halten von Heikes Händen in mir wuchsen, ermahnten mich, die Bruchsekunde besser zu nützen, da ich noch zu sehr einen Reiz spürte. Ich dachte: "Wenn der Reiz einmal überwunden ist, können wir uns häufiger die Hände geben“ und suchte weiter nach dem Weg, dem frei begegnen zu können.

Manchmal, wenn ich Heike sah, wollte mich allein der Anblick ihrer Proportionen reizen. Dann nahm ich bewußt die gute Kraft auf und bat um die Gedanken, die jetzt richtig waren und bekam: "Sie ist einfach nur wie eine Schwester für mich und hat einen schönen Körper als Werkzeug, als Haus.“ Dann war der Reiz wieder weg, und der Wunsch, nur mit ihr den Lebensweg zu gehen, war wieder da. Immer weniger wurde der Reiz und immer natürlicher unsere Beziehung. Und so fühlten wir uns wie zwei glückliche Kinder Gottes.

Ich denke immer: "Das Geistige ist doch gar nichts Unnormales.“ Vom geistigen Weg abgekommen, blieb uns ja nichts anderes übrig, als uns ausschließlich auf den Körper zu beschränken. Doch es steht eine Zeit vor der Tür, in der wir wieder auf den geistigen Weg finden werden, auf dem wir im nachhinein erkennen, welchen schwachen Ersatz manche Gewohnheiten darstellten. Und ich weiß nun, daß es diesen geistigen Weg gibt, und fühle einen Drang in mir, dies mitzuteilen. Ich glaube nicht mehr, daß dieser Weg zu schwer ist, wenn er auch im ersten Moment unüberwindbar lang erscheint. Einen langen Weg kann man schnell gehen und einen kurzen Weg langsam. Ich empfinde ihn als kurz und wünsche mir, daß wir ihn schnell gehen. Welche Gewohnheiten dabei auf der Strecke bleiben, ist weder von der Reihenfolge noch von der Wichtigkeit her vorauszusagen. Das wird jeder selbst erleben.

Sicher ist, daß die Beziehung zweier Menschen durch die göttliche Führung über das Gefühl sehr viel gehaltvoller und reicher wird und ständig wächst, anstatt in Gewohnheiten zu vergilben. Wer bestrebt ist, alles, was er tut, immer wieder von reiner Liebe durchdringen zu lassen, wird keinen Trott, sondern ein wirklich erfülltes Leben erfahren. Die meisten Menschen glauben, das große

Glück in der Partnerschaft suchen zu müssen und suchen die große Liebe ihr Leben lang in Beziehungen. Nun weiß ich, daß es richtig ist, daß die Menschen in der Jugend die Gottverbundenheit finden und erkennen, daß daraus das wahre, freie Glück entsteht. Wenn zwei Menschen sich dann für ein Leben zusammentun, wird damit auch die Beziehung erfüllt.

Wenn den Jugendlichen bewußt wird, wieviel Gutes, Göttliches es zu erkennen und zu erleben gibt, dann wird die sinnliche Abenteuerlust bald einen schweren Konkurrenzkampf führen müssen, in dem offensichtlich wird, daß sie in Wahrheit einen zu hohen Preis von einer Seele verlangt, den zu zahlen keiner mehr bereit sein wird.

ZUFALL

Dies malte ich unter einen Brief an Heike:

den Gralskelch, den Jesus beim Abendmahl symbolisch für uns leerte, als Zeichen der verzeihenden Liebe. Daneben zwei Herzen, die, wenn sie Gott näherkommen, auch sich näherkommen.

Am gleichen Tag fuhr ich zu ihr. Unterwegs sah ich, wie die Sonnenstrahlen hell hinter einer Wolke hervorbrachen. Bald zog die Wolke an der Sonne vorüber, so daß ich sie mehr und mehr blinzelnd erblickte. Doch auf einmal brauchte ich nicht mehr zu blinzeln, sondern sah mit bloßen Augen in die nun freie Sonne. Dieses Licht bannte mich auf einmal so, daß ich kaum noch auf die Straße schaute, die zum Glück geradeaus führte. Eine Heiligkeit überkam mich, und erschüttert erlebte ich eine Liebe zu Gott, und mir war, als schaute ich geradewegs in das Herz des Allerhöchsten. Ich sprach vor mich hin: "O köstliches Licht, o Gott." Mir kamen die Tränen. Dann sah ich zur Rechten einen regenbogenfarbigen Punkt am Himmel, der mich ein wenig wunderte, dann sah ich jedoch noch einen auf der linken Seite. War das Zufall?

Genauso, wie die Herzen um den Gral standen, standen nun die Lichtpunkte um die Sonne. Und immer wieder mußte ich ins Licht sehen. Es war nicht allein das Bild, das mich bannte, sondern die Liebe, als wolle mein Herz wachsen. Mir war, als wollte mir das Schauspiel sagen: Die Punkte sehen sich erst im wahren Licht, wenn sie den Vater durch sich scheinen lassen.

Ja, ohne Sein Gnadenlicht wären sie gar nicht da. Nie vorher sah ich so etwas, und nie hatte ich solches auf einen Brief gemalt. War es Zufall, daß heute beides zusammentraf?

Außerdem hatte ich mir gewünscht, einmal die uneigennützige Gottesliebe zu erleben. Auch das wurde mir hier geschenkt. Ich wollte nur noch ins Licht. Woher kam diese Liebe? Ergriffen sah ich wieder auf die Straße und in die Natur.

Dann kam erneut ein Liebesschwall beim Anblick der Pflanzen, und im Gedenken an alle Lebewesen kamen mir die Worte: Ich will für euch kämpfen, ich will für euch lieben.

So wurde mir die Reinheit noch deutlicher gezeigt. Die Liebe zum Partner ist nur ein Teil der Liebe, die Gott einem jeden Menschen gibt. Läßt der

Mensch die Liebe zu Gott, zum Nächsten und zur Natur wachsen, so wächst die Liebe zum Partner mit. Ist die Liebe zum Partner dem Menschen jedoch das Wichtigste, so wird er blind für die Gnaden Gottes. Diese Liebe macht blind.

So war aus der anfänglichen Vorstellung des 'Zähnezusammenbeißens' nun eine Überzeugung geworden, die es mir leicht machte, die Reinheit als Ziel zu setzen. Natürlich wußte ich, daß es nicht viele Menschen gab, die meine Empfindungen verstanden.

Nicht immer waren die Prüfungen bestanden. Nicht immer war Gott unser einziges Sehnen. Und das Ende des Weges ist auch noch nicht so nah, daß ich es schon beschreiben könnte, aber wir sind froh, daß wir mit der Suche nach der Reinheit begonnen haben. Man kann zum Glück jeden Tag neu anfangen. Man kann zum Glück den Herrgott um die Führung durch das Gefühl bitten.

Das Körperliche stellt keine Gefahr dar, wenn der Mensch ehrlich zu sich selbst ist, sein Gefühl beobachtet und dementsprechend ehrlich und verantwortungsvoll handelt.

Beim Mann spricht der Körper eine deutliche Sprache, die mir als vorehelichem Partner sagt: "Wenn ich spüre, daß sich mein Körper auf Zeugung vorbereitet, dann ist es spätestens Zeit, daß ich mich frage, was ich eigentlich will. Darüber hinweggehen oder Konsequenzen ziehen?" Dies zu erfahren liegt bei jedem selbst.

So war ich am glücklichsten, solange ich in Heike eine Schwester und meinen Freund sah. Ich konnte sie dann ohne Körperreiz anschauen und mit ihr zusammensein, lieb zu ihr sein. Solange ich bewußt Gott als unseren gemeinsamen Vater mit einbezog, war alles gut, konnte ich sie achten und innerlich freilassen. Wenn ich allerdings nicht so kraftvoll war und wir zusammen waren, dann fiel es mir schwer, dieses Bewußtsein zu verteidigen. Wenn ich mich dann über sie oder an ihr freute, reizte es mich auch körperlich, als ob mein Körper sagen wollte: "Einen Moment, ich freue mich auch mit", obwohl ich keine entsprechenden Gedanken hatte. Der Mangel an guter Kraft, den ich selbst verursacht hatte, blockierte nun den eingeschlagenen Weg. Wenn ich dann bewußt Kraft aufnahm, dann ging es wieder, und wir konnten frei und froh zusammensein. Nahm ich jedoch aus Trägheit oder Gefallen am Reiz nicht die Kraft auf, so kam auch bald der Wunsch, sie aus reiner Sinneslust zu berühren. Dabei dachte ich: "Ist doch schön. Was habe ich sonst eigentlich immer gehabt?" Sicher, schön war es, aber weit weg von dem Weg, auf dem ich glücklich war. Diese Erfahrungen lehrten mich eines:

Wenn der Mensch gedanklich an die unguten Mächte angeschlossen ist, weiß er nicht, wie gut es ihm ging, als er oben angeschlossen war. Er ist dann zu träge, danach zu ringen. Ja, es scheint fast lächerlich, da er doch schließlich so ist, wie er ist, und auch das Recht hat, das zu tun, was er will.

Soll doch bloß keiner kommen und ihm sein Wollen streitig machen. Wer hingegen oben angeschlossen ist, der erlebt ganz deutlich den Unterschied zwischen den Gefühlen der Kraftlosigkeit und Stärke und hat den klaren Wunsch, noch mehr Gutes zu erkennen und zu tun. Ratschläge anderer erfüllen ihn mit Dank, und Kritik spornt ihn an zu helfen.

Das Ungute fesselt den Geist, verschleiert alles Gute und erhebt sich selbst.

Das Gute aber schenkt den Überblick und stellt den Menschen frei vor die Wahl.

An einem Tag, an dem wir uns ganz besonders einig und nahe waren, strichen wir uns durchs Gesicht, dachten aber beide: "Komisch, wir haben uns doch lieb, warum empfinden wir diesmal nichts dabei?" Schließlich war es oft so, daß wir dadurch eine Zuneigung empfanden, im Gegensatz zu früher - wie schon erwähnt - veredelt. Ich bemühte mich, etwas dabei zu empfinden, doch ich kam mir nur vor wie eine Marionette, die mir zeigte, wie leer es sein kann im Vergleich zur inneren Achtung und Empfindung des anderen. Das Geistige ließ die körperliche Form, sich Zuneigung zu zeigen, zu einer Unwichtigkeit werden. Eine Berührung konnte das weder unterstützen noch verschönern. So hat das eine mit dem anderen also nichts zu tun?

Liebe ist ein Gefühl und äußert sich im ganzen Verhalten und Zusammenleben, in der Achtung und Ehrlichkeit und nicht in besonders zärtlichem Streicheln. Dieses Erlebnis gehört für mich zu den wichtigsten in unserer Freundschaft: das Körperliche mußte vor dem Geistigen, der einfachen Achtung und Liebe, verblassen.

Wie soll ich sie liebhaben?

Als ich einmal im Wald spazierenging, fragte ich mich, ob alles so richtig ist, was ich denke. Ich fragte daraufhin in meinem Herzen Gott: "Wie ist es richtig in der Zweisamkeit?" Die Antwort war: "So wie du es spürst."

Dann fragte ich: "Wie soll ich Heike liebhaben? Wie ist es richtig?" "Liebe sie um Meinetwillen." Das verstand ich zuerst nicht, darum fragte ich nach der Bedeutung dieser Worte. Es kam: "Liebe Mich, dann wirst du es verstehen." Ich rätselte herum, bis ich dachte: "Wer Gott wirklich liebt und Ihn ganz in sich hat, dem schenkt Er die Liebe zu allem anderen dazu und läßt ihn erleben, wie sehr Er alle Menschen liebt. Wer das spüren darf, kann nicht anders, als alle Menschen zu lieben. Und wenn diese Liebe erwidert wird, dann entzündet sie sich zum Tatenfeuer, das *Helfen* heißt. Verbindet sich nun ein Herz mit dem anderen, dann spürt es die Liebe Gottes in sich und in anderen. Deshalb ist ein Paar um so glücklicher, je mehr es zum Vater will und Ihm folgt."

Wenn man gefolgt hat, ist es manchmal, als spüre man die Freude des Vaters. Wüßte ich nicht, daß es vielen aus dem Freundeskreis ebenso geht, dann wäre es wahrscheinlich schwer. Aber das gemeinsame Erleben hilft sehr. Es denken durchaus nicht alle Freunde gleich darüber, aber viele haben die Reinheit als Ziel. Jeder setzt das in die Tat um, was er ohne Zwang als gut empfindet.

Man muß das Leben so leben, daß man es lieben kann, und sich nicht dazu zwingen, Dinge zu lieben, die in einem noch nicht leben.

Abgelenkt

Wenn ich mich entschloß, 'gut' zu sein, dann kam manche Erinnerung, die sagte: "So schlimm war das doch gar nicht, war doch schön, oder? Tu doch nicht so." Doch je länger es her war, desto leichter war es dann wieder, den Vater einfach liebzuhaben, und um so fremder waren die alten Gewohnheiten. Ich wünschte mir oft, wir würden den Höhepunkt unserer Beziehung immer in der gemeinsamen Liebe zum Vater finden.

Was ist denn falsch daran, wenn es wirklich möglich ist, so zu leben?

Vielleicht sagen da viele: "Der soll erst mal verheiratet sein, dann wird er schon vernünftig." Daß in manchen Städten eine Scheidungsrate von 33 % besteht, läßt doch vermuten, daß da irgend etwas falsch läuft. Was fehlt den Menschen denn? Ich sage: Sie sind durch den Reiz und Kitzel abgelenkt vom wahren Ziel und der wahren Erfüllung: von Gottes Herz. Und dieser Ablenkung möchte ich nie mehr verfallen. Wie stark sie sein kann, zeigt ja die große Gottlosigkeit der Menschen.

Viele Menschen belächelten mich und verteidigten die übliche Art des Lebens. Wenn ich sie aber fragte, ob sie schon in bestimmten Momenten ihr Herz Gott zugewandt hätten, dann wurden sie doch etwas nachdenklich. Es kann doch nicht falsch sein, die sinnlichen Begierden gegen viel edlere und kostbarere von Gott gegebene Wonnen einzutauschen. Die Reinheit muß doch einen Grund und ein Ziel haben.

Weil wir es so *anders* hielten, empfand ich die Achtung und Liebe viel schöner als körperliche Zärtlichkeiten. Diese göttlichen Liebeswonnen wollte ich nicht mehr aufs Spiel setzen. Ich verglich deshalb immer meine Gefühle, Stimmungen und Ziele mit der feinen, hohen Schwingung dieser Empfindungen, die mich nicht durchbrausten wie die alten, groben Wogen, sondern ein stilles, tiefes Glück schenkten, das mich zu Tränen rühren konnte.

Es ist oft die Furcht, irgend etwas entbehren zu müssen, die die Menschen veranlaßt, die Reinheit lächerlich zu machen.

Es ist auch Hilflosigkeit vieler Menschen, die Reinheit abzulehnen, da sie glauben, sie müßten sich das nehmen lassen, was ihnen ermöglicht, Nähe und Verbundenheit verstärkt zu empfinden: das Körperliche. Und doch kommen sich viele Menschen zeit ihres Lebens nicht näher, da sie sich seelisch wie körperlich ohne Liebe begegnen.

Das Handeln aus purer Lust am Körperlichen ist nach meiner Empfindung sowohl inner- wie außerhalb der Ehe fern der göttlichen Bestimmung.

Die Ehe ist kein Alibi! Ich glaube, daß die Ehe, die von Gott geführt und erfüllt wird, den wirklichen

Höhepunkt eines erfüllten Menschenlebens darstellt, im Lichte einer Beziehung, wie sie die Menschen heute kaum noch kennen: der Dreisamkeit.

GELOBUNG

Das, was man landläufig Verlobung nennt, nennen wir im Bruno Gröning-Freundeskreis seit einigen Jahren 'Gelobung'. Einfach deshalb, weil sich die Paare geloben, die göttliche Ordnung einzuhalten. Gelobung bedeutet für mich:

Ich gelobe dem Vater, daß ich Heike in Reinheit zu Ihm begleiten will, und Heike gelobe ich, daß ich stets die Gottesnähe als mein erstes Ziel sehen will.

Gelobung ist die Vorbereitung auf die Ehe. In der Zeit darf sich jeder prüfen, ob er bereit ist, die Verantwortung zu übernehmen, die Seelen, die der Ehe geschenkt werden, verantwortungsvoll auf ihre eigene Reise ins Licht vorzubereiten. Der Ring, der der linken Hand aufgesteckt wird, soll das Paar ein Leben lang an das Ziel erinnern, das die Jugendzeit so reich gemacht hat: die Reinheit. Wichtig ist es in dieser Zeit, in gemeinsamen Stunden die Nähe des anderen in göttlicher Verbundenheit erleben zu lernen und sich in aller Gemeinsamkeit von reiner Liebe leiten zu lassen, um mit dieser hilfreichen Erfahrung in ein eheliches Zusammenleben treten zu können, in dem die ungetrübte Einswerdung vollzogen werden darf, die im Schutz des göttlichen Segens das Wort 'Erfüllung' zu Recht erhält. In dieser Brautzeit, in der sich durch die Ringe der Kreis schon weitgehend zu schließen beginnt und die Seelen sich schon ein 'Ja' gegeben haben, beginnt aus der Freundschaft eine Knospe hervorzugehen, aus der durch die göttliche Hilfe und zarte, reine und warme gegenseitige Empfindung die hohe Liebe, die hohe Zeit, die Hochzeit erblühen will. Darum ist es wichtig, jetzt die Hingezogenheit in behutsamer Reinheit zu erleben und die Liebeswogen nicht im Körperlichen ausrollen zu lassen, sondern gemeinsam Kraft für ein Zusammenleben zu sammeln, das in erster Linie Liebe, Achtung, Verständnis und Verantwortungsbewußtsein fordert.

Die Reinheit soll uns als Freunde in Harmonie führen und das Zentrum unserer Liebe sein, auf daß wir gemeinsam die himmlischen Gnaden erleben und die Keime der Reinheit schützen und pflegen, um sie im Lichte der göttlichen Ordnung wachsen und blühen zu sehen, bis wir selig die Früchte der Treue an all die weitergeben dürfen, die uns anvertraut werden.

Laßt uns lernen zu helfen!

Fragen wir doch Gott wie Kinder, was immer wir tun sollen. Wenn wir dann von Ihm geführt werden, wird uns eines leiten: das Helfenwollen. Und beim Helfen werden wir als Freunde nebeneinander zum Herzen Gottes gehen, als seien wir Geschwister vor Seiner Liebe.

Rein sein heißt Kind sein!

Reinheit ist also kein Tribut, den man zu zahlen hat, sondern ein Geschenk, ein Lohn auf dem Pfad in die Freiheit zu Gott, den der erhält, der ehrlich bereit ist zu erkennen, was in seinem Leben noch in die Ordnung kommen muß, um wieder ein würdiges Gotteskind zu werden.

Rein sein heißt Kind sein!

Das Gefühl in Gottes Hände legen, sich Gefühle von Gott schenken lassen. Wir können Gefühle nicht selber machen. Der Mensch nimmt die Gefühle aus der Quelle auf, der er sich gedanklich anschließt, d. h., auf deren Empfang er sich seelisch einstellt. Dies wurde mir klar, als wir uns einmal in die Augen sahen, es verband uns allein durch die Augen eine Liebe, eine Einheit, Achtung und Freude. Doch als wir uns länger anschauten, wurde uns auf einmal wieder so, als ob wir aufpassen sollten.

Weshalb denn auf einmal auch da? Doch der Grund schien mir klar: In den ersten Momenten nahm die Seele nur die Freude auf. Doch irgendwann kam der Augenblick, da sich andere Gedanken einschalteten, und wir begannen, durch das bewußte Einsetzen unseres Willens oder durch noch tieferes Anschauen, diese Freude aus uns heraus zu vergrößern. Dann begann wieder das Erwarten, das Verlangen. Doch

Gott ist in dem Augenblick aus dem eigentlichen Dreieck ausgestoßen und muß so lange warten, bis die Menschen erkennen, daß sie am meisten erlangen können, wenn sie gleich in der Bruchsekunde richtig schalten. Der Mensch muß nicht alles meiden, was ihn befremdet, sondern danach streben, es im göttlichen Sinne zu erleben. Sicher sind das sehr hohe Ziele, doch es geht letztendlich darum, daß die Menschen wieder zu Gott finden, daß alle wieder frei sind für Seine Gnaden, frei von jeder Fessel.

Laßt uns Vorbilder werden! Solange wir wissen, daß es Menschen gibt, die leicht zu reizen sind, laßt uns ihnen helfen, daß sie ohne Ablenkung auch ihren Weg gehen können. Es ist doch letztendlich nur der Geist, der zum Vater geht und der die Herzen zueinander führen soll und kann. Die höchste Erfüllung ist die geistige Einswerdung.

Rein zu werden ist kein Opfer, sondern eine Gnade.

DAS LIED DER REINHEIT

Reinheit ist die Wonne,
die im Schweigen sich vollzieht,
die in Kinderherzen blüht,
die von sieben Siegeln fest
jungfräulich sich schützen läßt,
die den welterfüllten Geist
streng auf seine Taten weist.
Reinheit, lichte Harmonie,
schützt bis in des Morgens Früh
ihre Treuen vor der Nacht,
daß das Herz nicht unbedacht
handelt und geschwächt erwacht.
Reinheit, lichte Königin,
führst die Reinen selig hin
bis zu ihrem Vaterhaus.
Nur von hier geht Reinheit aus.
Freundschaft ist dein's Weges Start,
Ehrlichkeit heißt dann die Fahrt,
Liebe und Vergebung krönt
den, der sich zu helfen sehnt.
Schmaler Pfad zu Gottes Thron,
duldest der Gefall'nen Hohn.
Reinheit, ew'ger Neubeginn,
lehrst des wahren Lebens Sinn,
das im Schweigen sich vollzieht
und in Kinderherzen blüht

und von sieben Siegeln fest
jungfräulich sich schützen läßt.
Reinheit, keuscher Mutterschoß,
wie sind deine Gnaden groß.

So klar auch viele Erlebnisse waren, so deutlich waren auch die gedanklichen Anfeindungen, die die Reinheit als "Gaukelspiel für trübe Asketen" darstellen wollten, wie es in einem Theaterstück Hans Sterneders spöttisch genannt wird.

Wenn ich Gott darum bat, mich auf dem Weg zu halten, dann erlebte ich immer wieder ein Geschenk. Besonders in der Natur fand ich immer so viel Liebe, als verständen die Pflanzen besser als die Menschen. Wie ein Trost waren mir oft der Wald und die Felder, wenn meine Ziele zu verwischen schienen. Manchmal wollte ich mich der Natur mit ganzem Herzen widmen. Heike war dann nicht eifersüchtig, denn wir wußten, daß das Leben vielfältig und besonders in der Natur zu erleben ist, von der Bruno Gröning sagt: "Die Natur ist Gott."

Ich konnte die Natur am innigsten erleben, wenn wir beim Spazierengehen von Körperkontakten absahen. Hielt ich z. B. Heikes Hand, dann erlebte ich die Hand und dachte: "... und der Wald ist auch ganz schön." Doch ich fand nicht richtig in die Natur. Das bloße Betrachten war mir dann zu wenig. Da ich durch eine Berührung so mit Heike beschäftigt war, fühlte ich mich wie an einer Leine, die meiner Seele nicht gestattete, sich aus unserem Feld zu begeben und in die Natur zu schweifen.

Ich hatte mit den Jahren die Natur so liebgewonnen und wollte den Wald nicht mehr als Mittel zum Zweck sehen, etwa als Ort, wo die Hunde, ohne Ärgernis zu erregen, ihr Häufchen machen können, oder als romantischen Schmuseort für Pärchen oder idealen Joggingboden und Frischluftspender, sondern als ein liebeerfülltes Gotteswerk, in dem das Leben in jeder Pflanze und jedem Tier anders pulsiert.

Ich erlebte, daß man sich auf die Schwingung und die Geisterwelt der Pflanzen seelisch einstellen kann und bemerkte dann, wie sich jede Pflanze anders in mir anfühlte. Mal war mehr ein Ernst, dann eine Heiligkeit, dann mehr Freude, mal eine Stärke, dann wieder etwas Liebliches zu erleben. Als seien die Ursachen zu erspüren, die der Grund für die Körperformen dieser irdischen Brüder sind. Jede Pflanze, jedes Gras, jede Blüte, Blume und Baum waren über das Äußerliche hinaus zu erleben. Ich erfuhr, daß man sich geistig mit allen verbinden kann, sich dem bewußt widmen kann, ohne daß der Partner sich zurück- oder beiseitegestellt fühlen muß.

Es beglückte mich tief und gab mir das Gefühl des Einsseins, wenn sie auch so empfand wie ich. Wir teilten das Staunen und Horchen und das Bewundern der Natur miteinander. Dann war nichts schöner, als zusammen die Liebe zur Natur, zu

Gott zu erleben und den anderen auch in dieser heiligen Schwingung zu wissen. Mit der Kraft der guten Gedanken kann man sich gegenseitig helfen, den weltlichen Alltag abzustreifen, um dann zu erleben, wie der Gedanke "Wir sind in der Natur" zu dem Gedanken "Wir sind Natur" wird.

Es zeigten sich uns viele Arten, Gemeinsamkeit zu erleben, die uns lehrten, daß wir uns nicht immer um uns selber drehen dürfen und mit uns beschäftigen sollen, sondern wir begannen, die Natur mit einzubeziehen. Vielleicht war es auch die Natur, die begann, uns in ihren Kreis einzubeziehen. Auf jeden Fall wuchs die Gemeinsamkeit über uns hinaus, und es war dann nicht wichtig, den Partner zu erleben, sondern gemeinsam etwas Schönes zu erleben. Zuerst die Liebe zum Vater, zur Natur gemeinsam erstreben, um dann mit diesem Fundament und erweitertem Horizont die Entscheidung zu treffen, inwieweit man den irdisch vorgezeichneten Lebensgewohnheiten tatsächlich nachgehen will oder nicht. Darf der Partner denn so etwas Besonderes sein, daß die Natur, der Nächste oder sogar Gott deswegen zurückstehen? Oft ist es tatsächlich schöner, nur Freunde zu sein.

Oft fand ich in der Natur wieder Klarheit und Sinn. Wie eine Stärkung kamen mir dann Worte wie die folgenden, die ich im Freien finden durfte:

"Hier in den Armen der Natur vergeht die alte Frage: Warum ist alles? Warum so? Warum so viele verschiedene Steine, Pflanzen, Tiere? Was hat das alles für einen Sinn? Immer hat der Verstand mit dieser Frage die Liebe verdrängt.

Jetzt, am Herzen der Natur, vergeht das alte Weh. Mild legt sich der Friede des Waldes aufs Herz und läßt erahnen, in welcher Liebe dies alles erwächst. Wie Halm neben Blume, Ähre und Busch in steter Brüderlichkeit zum Lichte empor sich recken. Wie das Blau des Himmels, das alles umfaßt, mit dem Gold der Ähren und dem Grün aller sel'gen Geschwister zu einem Bild verschmilzt, das die Seele, wenn sie könnte, trinken würde gleich dem Wasser des Lebens: die Liebe!

Und wer je gefragt: 'Was ist Gott?', der erfährt es hier. Der kristallklare Glanz des Taus und der Blüten liebreiche Farben, umschwirrt von kleinen Flügelwesen, das Wiegen der Kronen und Wippen der Halme sprechen wie aus einem Munde das Wort:

'Gott ist das Leben selbst.'

So wie vom Winde der Vogel getragen wird, um sein helles Lied jeder Lichtung zu künden, so möchte hier, in den Armen der Natur, die Seele sich binden und anstatt zu fragen nur danke sagen, daß alles so ist, wie es ist, und sie möchte eins werden mit allem, was lebt. Wie lange mußte ich darben in Unrast, und hier durch die Farben find' mehr ich geschrieben als Worte ich kenn'. Hier les' ich: Alles ist auf dem Weg zurück zu dem Einen. - Und so wie sich in der Natur alles gegenseitig behilflich ist, so soll auch der Mensch das eine Wort lernen: 'Lieben heißt helfen.'

Kein Stein, kein Halm, noch Blatt, noch Vogel, noch Mensch zählt gering. Kein Name soll ungerufen sein. Kein Ruf soll unerhört bleiben. Alles soll wieder eins werden, der einen, urewigen Sonne zugewandt: Gott.

Und was würde der helle Glanz der Sonne nützen, wenn er nicht auf die Heere der ungezählten, unscheinbaren Halme treffen würde, um diese bald in lebensbejahendem Grün, dann in bezauberndem Gold erscheinen zu lassen? Welch innigliches Spiel doch Erde und Sonne gebären, wenn in der abendlichen Stille die goldene Scheibe ruhig verglüht und ihre Farben den Himmel mit dem Banner des Triumphes krönen, wenn das warme Braun des heiligen Bodens, auf dem einst Jesus Sein Opfer vollbrachte, das Geheimnis des Lebens stillschweigend enthüllt und die Farbe der Liebe gleich einem keuschen Schleier auf sich lädt. Wie drängt dann in aller Brust das alte Wort: Heimat.

Wie wächst dann die Sonne am Rand ihrer Braut, als wolle noch einmal die Brust sie sich füllen mit dem, was sie nunmehr viel' Stunden nicht schaut. Und selbst die Nacht hat Gott uns versüßet, denn sehet: Schon grüßet der funkelnde Chor der leuchtenden Sterne aus kosmischer Ferne die Erde. Denn sie ist das Tor in Gottes goldene Stadt.

O Erde, o Mutter Natur, welch Liebe erschuf solch köstliche Formen, solch gütigen Glanz? O Vater, und doch liegen an Deinem Herzen noch unendlich mehr der kosenden Wonnen, viel Tausende

Sonnen und Blüten im Licht. So lasset uns üben, das Schöne zu lieben, um reif für die Gnaden zu werden!“

So gab mir oft die Natur wieder Kraft, da ihre Reinheit und Friedensausstrahlung den eigenen Wunsch nach Reinheit wieder aufleben ließ.

Ich hoffe, daß das Wort 'Reinheit' nun in das wahre Licht gerückt ist. Ich bin davon überzeugt, daß die Reinheit nicht nur bis zur Ehe gehen soll, um in der Hochzeitsnacht wie eine Seifenblase zu zerplatzen und wieder von Leidenschaft und Eigenliebe abgelöst zu werden, wovon man sich doch bereits frei wußte. Erst in der Ehe erkennt das Paar wahrhaft, inwieweit es tatsächlich die Schwingung dieses großen Ziels verinnerlicht hat. Sollte Gott ein Trösterchen gewesen sein, das man beiseite schiebt?

Es geht um viel, viel mehr: Es geht um die Art der Weitergabe des Lebens. Kann es etwas Wichtigeres geben für ein lebensbejahendes Wesen, als die Erkenntnis der Wahrheit über den Lebenskreislauf?

Reinheit ist wie Glas. Sie verträgt keine Gewalt, keinen Druck. Reinheit ist wie ein scheuer Vogel, dessen lichte Federn und helle Lieder die Seele erheben und dessen Nähe das Gemüt erfreut. Doch ein lautes Geräusch oder zu heftige Bewegung, und der Vogel flieht, und in der nächsten Sekunde ist es dann, als sei er nie dagewesen, und sein Lied ist vergessen. Dann dauert es oft eine geraume Zeit, bis er wiederkommt. Eine Zeit, in der man den Ort der Begegnung hütet und pflegt, den Fehler erkennt und bereut und sich sehnsüchtig verhält, als sei der

Vogel da. Und siehe, bald vernimmt der Wartende geneigten Hauptes ein Flattern, und glücklich vor wissender Seligkeit schließt er die Augen, und siehe: Das helle Lied läßt sein Herz erbeben. Der Vogel ist wieder da. Nur still, dann bleibt er dein Freund. Und eine Erfahrung wird zum Ziel:

Ich bin klein, mein Herz ist rein,
soll niemand drin wohnen
als Gott, als der Heiland allein.

Früchte

Einerseits muß ich hervorheben, daß ohne die Lehre Bruno Grönings und ohne seine geistige Hilfe dieses Buch nicht entstanden wäre. Ich betrachte ihn als den geistigen Mittler in der heutigen Zeit, der den Menschen hilft, wieder die Verbindung zu Gott zu finden und die Ordnung an Körper und Seele als ein Gottesgeschenk zu erfahren. Das hautnahe Erleben vieler Heilungen oder Wendungen in zerbrochenen Leben oder Ehen und die vielen Hilfen an Tausenden Menschen auf ihrem Weg zu Gott haben meine Hand beim Schreiben dieses Buches geführt.

Andererseits sei betont, daß es nicht ein Werk des Bruno Gröning-Freundeskreises ist, sondern die Arbeit eines jungen Menschen, der die heutige Welt und ihre Art zu leben mit dem verglichen hat, was durch Bruno Gröning für ihn erlebbar wurde, und daraus seine Konsequenzen zog.

Der Segen des *geistigen* Weges ist für mich größer als der des *weltlichen* Weges!

Ich kann die Früchte des einen und die des anderen Weges schließlich täglich vergleichen. Und wer nicht blind ist und nicht die Augen verschließt, wird ebenso erkannt haben, daß es der Menschheit mehr und mehr an guter Kraft mangelt, die sie zu guten Taten bewegt.

Auch das Böse gibt Kraft für seine Ziele, die allerdings den Empfänger derselben abbaut.

Keiner lehnte sich dagegen auf, solange er noch seinen Profit daraus erheischen wollte. Hart formuliert. Aber unwahr?

Viele sagen: "Meine Ehe geht niemanden etwas an." Wer so redet, hat mehr zu verbergen als zu lehren. Nach außen sieht es aus, als stünden die meisten Menschen diesem Thema frei und natürlich gegenüber und wären über alle Unnatürlichkeit erhaben. Aber ein Grinsen für zweideutige Bemerkungen haben sie immer noch übrig. Das wirklich natürliche Empfinden ist in Wahrheit kaum noch jemandem zu eigen.

Wer achtet noch wirklich auf sein Gefühl? Wer achtet darauf, welche Macht die Gedanken und Gefühle haben? Wer malt sich aus, welche Gedankenflut bestimmte Kleidungsweisen oder Arten der Bewegungen auf sich ziehen? Wie viele Menschen ziehen sich aufreizend an und denken sich: "Ist doch jeder selber schuld, wenn's ihn erregt"? Doch welche Gedanken die Beobachter solchen 'Leckerbissen' senden, Gedanken, die ihre geistige Wirksamkeit haben, ahnt niemand. Ja, und dann wird es zum Kreislauf. Alles reibt sich gegenseitig auf. Wie viele Männer sind schon an Frauen gewalttätig geworden, weil sie durch die andauernden Reize eine Verstümmelung ihres Charakters erfuhren. Es kommt doch oft genug vor, daß Mädchen ihr Dekolleté so freigiebig gestalten oder einem ihre

Brust wie auf einem Tablett entgegenhalten, als gäbe es keine größere Wonne, als die Nase mitten hineinzustecken, als seien das die Chancen, die man zu nutzen hat, solange man jung ist. Und dann wundern sich die Menschen, wenn sie im Alter feststellen, daß es zum größten Teil ihr Körper war, der den Ehepartner einst fesselte.

Doch warum gehe ich so auf das Körperliche ein?

Ich kann nur wiederholen, daß ich die Kraft der Lust und des Drängens selbst erlebt habe und nicht leugnen kann, aber diese Kraft ist durch richtige Gedanken und in der inneren Einstellung auf Gott so umzuwandeln, daß sie als eine Spannung, eine Antriebskraft, erhalten bleibt, die sich in einem neuen Bedürfnis äußert: dem Wunsch, Gutes zu tun. - Spannung, gleich einem Bogen, der leicht gespannt ist. Ich habe so oft erlebt, daß es möglich ist. Wenn man allerdings die Zügel schießen läßt, dann geht diese Spannung verloren: Der Pfeil geht in die Luft, der Tatendrang ist weg. Aber wenn die Kraft bewußt in helfende, stärkende Energie umgewandelt wird, nimmt sie noch zu. Ich weiß jetzt, daß eine Berührung reicht, um diese Spannung in zwei Menschen zu einem Drang werden zu lassen, der so groß werden kann, daß er alle reinen Ziele verdrängt, wenn sie noch nicht klar genug sind.

Jetzt weiß ich auch nach langem, warum überhaupt Reinheit. Es geht darum, daß der Mensch die Kraft hat, frei zu werden, damit er diese edel und hilfreich einzusetzen weiß. Die Reinheit ist ein vergessenes Kraftreservoir, ein verlorener Schlüssel. Und so gewagt es auch ist, sich in die Intimsphäre des Ehelebens einzumischen: Ich glaube, daß sowohl in der Vorehezeit wie in der Ehe diese Spannung durch echtes Überzeugen und Ringen auf ein richtiges Maß kommen kann. Es gibt einen Weg, seine Gefühle und das Zusammenleben von Gott führen zu lassen.

Wie schön, wenn man die Kraft gemeinsam veredelt, gemeinsam dann die Liebe zum Vater erlebt und in Ihm, in der Liebe zu Ihm eine Einigung erfährt, die wiederum Kraft verleiht, die allen Mitmenschen zugute kommt. Wie eine Zellteilung der Liebe: Die Liebe will sich stets vermehren und erweitern, und da ihre Wesenheit des Weitergebenwollens in jedem ist, ist es wichtig, sie richtig zu erkennen und einzusetzen, damit sie nicht vergeudet wird, sondern im Zyklus des Lebens geerntet und weitergegeben werden kann.

Diese Kraft, dieses Sehnen und Drängen nach Einheit und Erfüllung in uns allen, ist der Wunsch unseres Geistes, wieder mit Harmonie, Ordnung und Liebe verbunden zu sein, wieder zu Gott zurückzufinden. Diese Erfüllung können wir nicht durch oder in einem Menschen finden, sondern nur in Gott. Sicher kann man es mit einem Menschen erleben, wenn man sich gemeinsam dem göttlichen Reich der Reinheit nähert, aber Gott bleibt der Schenker. Seine Liebe ist es, die uns immer wieder aufruft weiterzusuchen, um uns von der wahren Erfüllung, der Einswerdung mit Ihm, zu überzeugen.

Das ist der göttliche Kreislauf. Von Gott geht es aus, zu Gott geht es zurück.

Wer das körperliche Verlangen noch als Druck auf sich lasten fühlt und eine Zeit ersehnt, in der er das Geistige einmal frei und ohne Ablenkung auf sich wirken lassen kann, dem sei gesagt: Eine heilende Wunde juckt oft, aber dumm ist der, der die Kruste deswegen aufkratzt. Von heute auf morgen geht das alles nicht. Übung macht den Meister.

Der Sieg über die Lust kommt durch und über das mutige Streben und das Suchen der Gottesnähe und nicht durch den eisernen Gürtel. Es ist wichtig, welchem Ziel ich treu bin, dann wächst die Treue zum Partner von alleine. Treue wird in meinen Augen dann wirklich wertvoll, wenn der Grund dazu Gott ist.

Zwei Schuhe können gleich schmutzig oder gleich sauber sein - es ist also wichtig, was die Menschen eint und wie sie eins sind.

Denkbar, daß man einen Zustand erreicht, in dem man Gott über alles liebt und den Partner vergißt. So sehe ich diesen Weg jedoch nicht. Im Gegenteil: Wenn auch eine hohe Liebe in mir wuchs, die nichts Unreines mehr duldete, so schloß sie jedoch nie eine ganz besondere Hingezogenheit zu Heike aus. Ich freue mich immer mehr darauf, sie zu heiraten, denn wie schön muß es sein, wenn man zusammenlebt und gemeinsam alles erleben darf. Mir kam nie der Gedanke, daß es besser sei, wenn der Mensch keinen Freund oder keine Freundin hätte.

Es gibt mit Sicherheit Menschen, denen es bestimmt ist, ein Erdenleben ohne Partner zu gehen, und die es auch spüren und als Bestimmung erkennen und von Gott die Kraft bekommen, ihre Aufgaben alleine zu erfüllen, da Er es so will. Verständlich, wenn solche Menschen für sich erkennen, daß die Erfüllung im Zölibat liegt. Wenn dann allerdings andere Menschen fälschlicherweise erkannt haben wollen, daß man sich das Himmelreich durch aufdoktrinierte Enthaltsamkeit erhandeln kann, ist das gefährlich.

Verständlich, wenn derartige Experimente massenhaft schieflaufen.

Alleinzubleiben ist kein Merkmal von geistig besonders hoher Reife.

Jeder Mensch darf sein eigenes, unvergleichbares Leben so führen, wie Gott es als Aufgabe stellt. Wer deshalb spürt, daß er einen Partner sucht, oder wer schon einen Menschen hat, mit dem er durchs Leben gehen will, der braucht nicht zu befürchten, daß er deswegen zu weniger heiligen Aufgaben berufen sei.

Wie sollte die Menschheit wachsen, so die angeblich 'geistig reiferen Menschen' die Vermehrung und Erziehung den 'geistig unreiferen Menschen' überlassen würden? Gerade in einer so verdrehten Zeit wie heute wird es immer notwendiger, daß sich die gottliebenden Menschen finden und in Gott eine familiäre Harmonie bilden, in der wieder glückliche Kinder aufwachsen, die später imstande sind, eine bessere Welt aufzubauen.

Jede erfüllte Aufgabe ist ein Gottesdienst.

Ein geistiger Meister hat nicht 'Selbstverwirklichung' im Kopf, sondern 'Helfen' im Herzen.

Wer das Leben wirklich liebt und imstande ist, in Harmonie mit anderen zu leben, der wird den Wunsch haben, Kinder in dieser Harmonie aufwachsen zu lassen und auf die göttliche Liebe hinzuweisen.

In Gottes Führung kann der Mensch sehr wohl in wahrer Reinheit eine Familie haben.

Mann und Frau haben gemeinsame Aufgaben: vor allem die Aufgabe, ihre Verschiedenheit ergänzend zur Gewinnung der Gottesnähe zu nutzen. Sie dürfen in Seiner Nähe das heilige Geheimnis der Weitergabe des Lebens erleben.

Wenn der Augenblick gekommen ist, daß das Leben sich durch uns offenbaren will, dann wollen wir in Demut still erfahren, wie Gott uns in diese heilige Handlung einbeziehen will. Gottgewolltes Leben auf gottgewollte Art: Reinheit.

Möge Gott den Wunsch nach einem freien, reinen Dasein in alle Herzen legen. Das Leben ist Gott. Es hätte früher mal jemand kommen mögen und mir sagen sollen, daß man Gott in allem fragen soll, besonders in der Partnerschaft. Ich hätte wahrscheinlich an meine Stirn getippt. Nun ist es mir doch zum Ziel geworden. - Wo bin ich nur hingeraten? - Gott über alles zu lieben und ganz so zu handeln, daß nichts diese Liebe stören kann. Helfen, daß der himmlische Vater als der und das erkannt wird, was Er auch ist: die Liebe, das Leben selbst.

Rein sein, um jene Lebenskraft als eine hilfreich führende Macht und Waffe gegen alle Anfeindungen zu erleben. Ich erlebte diese Kraft so, daß der stille Gedanke, vielleicht dabei zu kurz zu kommen, zu einer Farce wurde.

Mein Geist begann, den Körper zu führen und nicht mehr umgekehrt.

Ich kann nicht glauben, daß es ohne Gott eine Erfüllung geben kann. Die Lebenskraft, so denke ich, ruft die Seele auf, etwas zu tun. Die Seele ist gefordert, ja gewissermaßen uneins, solange sie nichts tut, denn die guten Mächte drängen nach Taten der Nächstenliebe, die unguten nach denen der Eigenliebe. Die guten Mächte nennen diesen Zustand Prüfung, die unguten Unfriede; sie wittern eine Gefahr darin, wenn der Mensch seine Lebenskraft zur geistigen Entwicklung nutzt, und bestürmen ihn, daß er diesem 'ganz normalen' Drängen oder Unfrieden Luft machen müsse. So entstand der Ausdruck 'Befriedigung'. Ein falscher Friede!

Mein Denken und Fühlen soll aber nur ein Anstoß sein, lediglich ein Hinweis, keine Anweisung. Seien wir dankbar, daß weder seitens des Staates noch sonstwoher Bestimmungen bestehen, so daß jeder wirklich frei ist und sich im stillen überzeugen darf. Wie wertvoll ein Mensch ist, zeigt sich in allen seinen Stärken und nicht in dem Vergleich mit dem, was man selbst für wichtig hält. Man muß die anderen auch anders sein lassen. Jeder sammelt auf seine Weise Erfahrung, die wieder allen hilft, so er sie dienend nutzt. Warum ich dann trotzdem so eindringlich rede?

Dieses Buch ist die Antwort auf den pausenlosen Versuch der Welt, mir ihre Vorstellung vom Leben mittels Werbung, Mode, Witzen, Filmen etc. zu suggerieren! Die billigen Vorgaben der Medienwelt vermögen nicht annähernd an das Glück einer in Gott geschlossenen Freundschaft heranzureichen.

So lege ich den Menschen, die gemeinsam leben wollen, nahe, in die Gotteshäuser ihrer Konfessionen zu gehen und sich dort öffentlich trauen zu lassen. Denn es ist wichtig, daß die jungen Menschen sehen, daß es noch Paare gibt, die gewillt sind, eine gewisse Ordnung einzuhalten. Die Vorbildfunktion ist sehr wichtig. Sicher könnten wir sagen: "Wir wissen ja, daß Gott uns zusammenhaben will, wozu noch die eingefahrenen Riten?", doch nach außen sähe es so aus, als wäre es genau so eine Versuchspartnerschaft, wie sie heute modern ist. Sicher macht das Gefühl ein Paar zur Einheit und nicht die Zeremonie, doch der tiefere Sinn einer solchen Hochzeitsfeier lag ursprünglich darin, daß die Brautleute die prüfende Zeit der Vorbereitung mit der tiefbewußten Erkenntnis abgeschlossen haben, daß der Mensch, den sie im Herzen erkannt haben, tatsächlich für sie ein Geschenk aus Gottes Hand ist. Diese Freude wird mit allen Gästen geteilt, und es werden der Segen, der Schutz und die Führung Gottes erbeten, um die gegenseitige Aufgabe zu erfüllen: die Aufgabe der Ehe, die gleichzeitig der Lohn ist - die gemeinsame Heimfindung zu Gott.

So viele Erwachsene fragen sich, ob ihre Kinder überhaupt noch etwas von ihnen lernen können, schauen verwirrt auf ihr Leben zurück und lassen mit dem Gedanken "Vielleicht ist es ja besser so" ihre Kinder tun, was sie wollen. Und diese Kinder stürzen dann im wahrsten Sinne 'unerzogen' auf das Schlachtfeld der heutigen Szene und werden durch Garben von Schicksalsschlägen matt und verbrauchen sich wie im Zeitraffer.

Die Aufgabe der Eltern wäre es gewesen, den Kindern folgende Werte mit auf den Weg zu geben: Wenn man einen Menschen kennenlernt, ist es wichtig, ihn von Anfang an freizulassen und ihn aus einem Abstand zu erleben, der immer so groß sein muß, daß es einen nicht verletzt, wenn Dinge geschehen, die man nicht versteht.

Man darf sich einem Menschen nicht unterwerfen, nur weil er so eine sympathische Art oder ein anziehendes Aussehen hat. Wichtig ist, den Menschen in verschiedenen Situationen zu erleben und ihm liebevoll zu zeigen, daß man noch lange nicht alles gutheißt, nur weil eine Hingezogenheit besteht. Wenn der andere das spürt, wird sich zeigen, ob er um die Freundschaft kämpfen will, und dann kommt zutage, wieviel Rücksicht und Achtung vorhanden sind. So kann der Wille des anderen frei erlebt werden, und ein wahres Band entsteht, das langsam aber gut geknüpft wird. Wenn man sieht, wieviel Achtung und Rücksichtsbereitschaft da sind, wächst das Vertrauen, und eine Freundschaft entsteht, in der man nach dem Maße des Vertrauens dann Stück für Stück sein Inneres preisgeben kann mit der Gewißheit, daß es in der Achtung gehütet wird, von der man sich ernsthaft überzeugt hat.

Wer sich allerdings von verführerischem Charme täuschen läßt und sich dann hingebungsvoll anbietet, braucht sich nicht zu wundern, wenn das innerliche Lachen des anderen sich im Belächeln von Ansichten und Eigenarten äußert.

Wichtig ist auch, daß die Jugendlichen wissen, daß sie, je mehr sie sich dem Körperlichen öffnen, ihre Seele dem anderen öffnen und die Schwingung und Ausstrahlung des anderen aufnehmen. Je näher man sich kommt, desto stärker ist dieser Schwingungs- und Kraftaustausch. Wenn man anfängt, sich zu berühren, dann beginnen diese Ausstrahlungen überzufließen, und dann geschieht es schnell, daß die Unarten oder mangelnde Achtung gar nicht mehr auffallen, einfach deshalb, weil diese aufgenommene Schwingung dann annähernd zur eigenen wird und einem dann nicht mehr fremd am anderen erscheint. Je intensiver dann die Körperverbindung ist, desto mehr öffnen sich die Seelen einander, und der innerliche Abstand scheint überwunden werden zu wollen. Wenn der Abstand aber tatsächlich schrumpft, so steigt die Sensibilität auf Äußerungen und eventuelle Unarten des anderen, und die Verletzbarkeit der Seele wächst.

Deshalb ist es so wichtig zu prüfen, ob man dem anderen wirklich vertrauen und seinem Inneren zustimmen kann, bevor man den Abstand zueinander verringert. Dann ist einem die Ausstrahlung des anderen schon durch das Erleben vertraut, und man weiß damit umzugehen.

Heutzutage kommen sich die Jugendlichen so schnell näher, da sie sich gegenseitig schmeichelnd und reizend jeder Achtung und jedes Abstandes entledigen, und öffnen sich meist bis aufs letzte dem anderen, nehmen dadurch völlig unvorbereitet die fremde Schwingung auf und sind in Gefahr, seelisch verletzt zu werden. Und so geschieht es dann: Disharmonie, Liebeskummer, Trennungen, Enttäuschungen, eine Niederlage nach der anderen, ein seelischer Hieb nach dem anderen, eine fremde Schwingung nach der anderen. Die Seele wird in die Flucht getrieben, in der nur die Scheinlösung 'Abstumpfen' bleibt. Immer vernarbter, matter und abgestumpfter werden die Jugendlichen und gehen auch so in die Ehe. Ohne inneren Abstand und Bereitschaft, den anderen frei leben zu lassen. Deshalb auch in den Ehen, wenn sie nicht sowieso zerbrechen, immer wieder Unverständnis, Streit, Machtkämpfe.

Den Jugendlichen muß nahegelegt werden, daß sie sich nur Einem ohne Abstand ganz öffnen dürfen, und das ist Gott, denn von Ihm haben wir niemals Schläge zu erwarten. Jeder Mensch aber ist ein lernendes Wesen, dessen Fehler uns nicht kränken dürfen. Er lernt ja noch.

Es ist schon ganz gut, wenn die Mädchen den Jungen zeigen, daß sie nicht eher eine Vertrautheit zulassen, bis sie sich davon überzeugt haben, daß es sich um einen rücksichtsvollen, edlen und liebevollen jungen Mann handelt, der um sie wirbt, und mag auch das Körperliche noch so drängen, und mögen auf dieser Suche auch Jahre vergehen.

Mögen die Charmeure und Sprücheklopfer mit ihrer verkannten und damit falsch umgesetzten Manneskraft in den Mädchen und Frauen selbstbewußte Hüterinnen ihrer göttlichen Seelengefäße finden, die sehr wohl zu unterscheiden wissen zwischen einem ehrlich suchenden und einem heimlich lechzenden Bewerber, und mögen die verspielten und kaltherzigen Mädchen an die Jungen geraten, die gottgeführt spüren, warum sich das Mädchen preisgibt: nicht aus erkannter göttlicher Füh rung, sondern aus Gefallsucht und nicht erfahrener Liebe.

Meine Bitte an die Mädchen und Frauen: Bedenkt, daß die Gaffer und Raffer nicht danach fragen, ob ihr euch mit oder ohne Hintergedanken jeder Modewelle beugt! Ihnen ist es nur wichtig, immer und überall zu gaffen, im Glauben, daß die aufreizend oder leicht bekleideten Frauen auch zu mehr bereit sind. Die Männer glauben zur Zeit noch das, was sie sehen.

So wie die Hochzeitsfeierlichkeit die Vorbildfunktion hat, ist es auch mit der Kleidung. Gebt den jungen Mädchen wieder saubere Vorbilder und den Männern wieder den dringend nötigen Anlaß zu der Erkenntnis, daß die wahren Werte eines Menschen im Inneren gesucht werden müssen!

Zu schnell wird der Reiz des Gefallenwollens und des Körperlichen zu einer Sucht, für die man bereit ist, alles zu tun, wenn sie nur gestillt wird. Mit diesen Energien darf man nicht spielen. Es geht um die wahre Erkenntnis über den Umgang mit diesen Energien, die in allem Lebenden drängen. Und es gibt nur einen Weg, diese Energien sowie alles Bestehende überhaupt im richtigen Sinne zu erleben: den Weg der bewußten Aufnahme der göttlichen Kraft und der bewußten Suche nach der inneren Stimme, nach Gottes Willen.

Wenn sich der Mensch ohne die Führung und den Schutz Gottes dieser Energien bemächtigt, dann besteht die Gefahr, daß er sich daran verbrennt. Wie der Lehrling eines Goldschmieds, der heimlich glaubt, selber schon Gold machen zu können, die hohen Temperaturen aber völlig unterschätzt, sich deswegen blendet und so nie wieder ein Goldschmied werden kann oder nur unlauteres Gold zustandebringt.

Diese hohen lebensschaffenden Energien, die es bewirken, daß wieder ein Geist mit einem Körper verschmilzt, sind nicht für jene Seelenknospen bestimmt, die ihr eigenes Leben noch nicht begreifen. Erst recht nicht für jene, die nur das Prickeln der Energien genießen wollen, aber die Lebensentstehung verneinen. Wer nicht in Einklang mit dem Sinn dieser Kräfte lebt, aber trotzdem aus Eigensucht meint, sie schüren zu müssen, verbrennt sich.

Wir dürfen deshalb nicht müde werden, im Kampf unsere Lebenskraft dazu einzusetzen, daß den Menschen nicht die Kraft zum Leben versiegt. Und den jungen Männern möchte ich raten: Bildet in euch ein Rittertum, das die Reize nicht beachtet und das kein Prahlen und Plustern kennt. Ein Rittertum, in dem die Mädchen und Frauen sich geborgen fühlen und nicht nach Proportionen bewertet werden, sondern nur eine Liebe erfahren, in der sie sich als Gotteskinder unter Gotteskindern erkennen.

Es gilt für uns Menschen ein Bewußtsein zu erreichen, das viel Altgewohntes entbehrlich macht. Wir erleben es, daß unsere Beziehung viel herzlicher, inniger und freier ist, wenn wir einfach den Weg als Freunde gemeinsam gehen und Gott unser Leben in die Hand geben, als Kinder nebeneinander, mit Ihm in der Mitte. Mir fehlen die Worte, um dies zu beschreiben.

Nicht Reinheit, sondern Sinnlichkeit ist altmodisch!

Irgendwann tut sich in jedem die Kerkertür auf, und die Reinheit steigt wieder auf den Thron, den zu lange der körperliche Reiz und sein Thronfolger, die Gewohnheit, besetzten.

Ich habe viele Menschen gehört, die sagten, daß man Gott über alles lieben soll und Er im Herzen den Platz vor dem Partner einnehmen muß. Doch trotzdem schien es den gleichen Menschen wichtiger zu sein, um jeden Preis Wege zu finden, um ja mit dem Partner eins zu sein, anstatt den Partner einmal die an zweite Stelle zu setzen, um dem vorgegebenen Ziel näherzukommen. Meistens steht Gott lediglich auf die Weise über dem Partner, indem Ihm großzügig die meiste Macht und Kraft zugesprochen wird, der man sich bei einem Entweder-Oder sicher beugen würde. Oder es wird gesagt: "Man liebt den Partner anders als Gott, das darf man nicht vergleichen."

Das größte und leichteste Vorwärtskommen in unserer Beziehung empfand ich dann, wenn ich bewußt an Gott-Vater dachte, anstatt zu schwärmen. Diesen Weg empfand ich viel gehaltvoller und erfüllter als das übliche 'Besondere'. Dieser Weg ist kein Schwärmen, sondern Realität, denn ich fühle Gott ganz bewußt, ja, ich kann sagen: So fühlt sich nur Gott an! Wenn dieser Weg einfühlsam beschritten wird, wird sich kein Partner zurückgestellt fühlen.

Wer Gott die erste Stelle in seinem Herzen schenkt, der ist beschenkt und wird zum Geschenk seiner Umgebung.

Reinheit. Sie ist die Wurzel zu einem Baum, zu einem Stammbaum, in dem die Vögel des Himmels nisten werden. Unsere Eltern wußten es nicht mehr, aber unsere Kinder werden es erleben, wenn wir den Mut haben, uns davon zu überzeugen.

Hohe Zeit

Laß uns die himmlischen Wege als Kinder der
Liebe gemeinsam beschreiten.
Hoch soll uns führen die Liebe, die Treue,
und Glück soll das Herze erweiten.
Woll'n wir uns helfen, das Helfen zu lernen,
nie mehr vom himmlischen Weg uns entfernen.
Lassen durch Gott wir die Herzen verbinden,
daß wir in Ihm unsre Einigkeit finden.
Laß uns gemeinsam die Gnade erleben,
was wir empfangen, an andere geben,
so daß, wenn beide aus kindlichem Sinn
zum Vater ganz ehrlich geleiten sich hin,
als Freundin und Schwester, als liebende Frau,
als Freund, Bruder, Mann, dann gelinge der Bau
des heiligen Tempels, der himmlischen Ehe,
in welchem der Odem des Ewigen wehet.
Dann wird Liebe zu Brot und Treue zu Wein,
gemeinsam in Gott, was könnt' schöner noch sein?
Wenn die Liebe zu Gott und zur ganzen Natur
uns eins werden läßt, uns bestärkt, und dann nur
noch eines uns trägt und regieret den Sinn:
Wie kommen gemeinsam zum Vater wir hin?
Wie soll'n wir uns lieben, ach Vater, schenk Rat!
Ach Liebste, ach Liebster, komm, laß uns den Pfad
durch wahres Verständnis, durch Achtung und Freud'
gemeinsam beschreiten in Liebe ab heut.
Ach Wonne des Segens, du himmlisches Glück,

gemeinsam zum Vater, zur Heimat zurück.
Gemeinsam zu kämpfen, gemeinsam zu siegen,
als Einheit zu schauen die Wunder der Liebe.
So sei dem geweihet die Stunde, das Glück,
da nunmehr gemeinsam wir gehen zurück
in das Herze des Höchsten, der selber uns führt,
in das Herze des Höchsten, der selbst uns erkürt.
So reich kann das irdische Dasein Er segnen,
daß Wunder nach Wunder uns täglich begegnen.
Daß aus Liebe wird Brot und aus Treue wird Wein,
gemeinsam in Gott, was könnt' schöner noch sein?

Immer mehr wurde Gott mein Ziel. Dann hörte oder las ich davon, daß es Ergänzungsseelen gäbe. Das heißt, jede Seele hat eine andere als Gegenpol, mit der sie eins werden soll. Als ich das erfuhr, war auch viel klarer, warum Mann und Frau so unterschiedlich sind. Jeder gibt dem anderen und läßt ihn das verstehen, was ihm noch fehlt auf dem Weg zur Vollendung. Sicher gab es Meister oder Heilige, die allein aus Gott gelebt haben. Doch daß es Mann und Frau gibt, ist kein Zufall. Aus der Zweiheit soll die Einswerdung, die Heimfindung erstehen, die große Rück- bzw. Umkehr.

Doch ich konnte mir nie vorstellen, mit einer anderen Seele eins zu werden. Würde ich etwa dabei einen Teil meiner selbst einbüßen? Wäre das für mich ein Opfer oder Gnade?

Als ich mit Heike nach einem langen Tag alleine war und wir uns ausruhten, dachte ich darüber nach. Dann ging der geistige Vorhang auf, und ich kam zu mehr Klarheit: Ist es nicht manchmal so, daß zwei Menschen zur gleichen Zeit den gleichen Gedanken bekommen oder das gleiche aussprechen und daß einer genau spürt, was der andere jetzt benötigt? Wir wissen auch, daß manche Menschen, oft Paare, besonders eins sind. Das heißt, sie harmonieren zusammen. Wenn nun die Gefühle immer mehr harmonieren und die Gedanken sich gleichen oder wenn die geplanten Taten gleich sind, wer würde dann einbüßen oder beschnitten sein, wenn hier eine Einheit entstehen würde, seelisch wie körperlich? Wenn zwei Seelen diesen Zustand erreicht haben, sind sie dann noch zwei? Sind sie dann nicht eigentlich *ein* Geist in *zwei* Körpern? Und diese Freude, die wir reifende Seelen haben, wenn die Gedanken und Worte oder Tatabsichten übereinstimmen, könnte dann zur dauerhaften Wonne werden. Ich bin diesen Weg noch nicht zu Ende gegangen. Gehen wir ihn gemeinsam!

Ganz fest glaube ich, daß wir eins werden dürfen mit Gott. Wenn wir Ihm durch herzliches Streben in Reinheit, Liebe und Achtung näherkommen, wird in uns mehr und mehr die göttliche Ordnung erblühen und durch uns wirken wollen. Wir werden uns immer mehr von der göttlichen Ordnung und Liebe leiten lassen. Unser Handeln, Denken und Sprechen wird sich immer mehr an den Willen des Schöpfers annähern, je mehr wir wirklich Seine Liebe und Ordnung in uns aufgenommen haben, so daß wir ganz nahe an Sein Herz rücken, an dem wir mit Ihm gemeinsam in wahrhafter Gottverbundenheit die Schöpfung erschauen und begreifen, was wir wirklich sind: der verlorene Sohn - heimgekehrt.

Und alle, die in Gott leben, werden sich der ewigen Wonne erfreuen, die uns als Unvollendete so selten beglückte: Egal welche Situation, welche Aufgabe oder Prüfung auf uns zukommt, alle werden wir von den gleichen Wünschen, Gedanken, ja von einem Willen erfüllt. Und dann erkennt es auch der letzte Heimkehrer: Wir sind keine von Gott getrennten Werkzeuge Seines Willens, sondern haben das wiedergefunden, was in uns stets schlummerte: die Erkenntnis, daß wir ein Teil des Geistes Gottes sind. Denn nicht aus dem Nichts, sondern aus sich hat Er uns hervorkommen lassen. Wir sind Geist, haben eine Seele und wohnen zur Zeit in einem Menschenleib.

Am Anfang schuf Gott einen Geistfunken, den Er mit einem eigenen Willen beseelte. Gott wollte, daß die von Ihm geschaffene Seele sich davon überzeugt, ob Seine Weisheit, Liebe und Ordnung wahrhaft die einzig gute ist. Doch wie hätte sie das tun können, wenn es ihr nur möglich gewesen wäre, so zu denken wie Gott und somit von vorneherein unfrei zu sein? Denn der Herr, der keine anderen Gedanken in Seiner Schöpfung duldet, muß ja zwangsweise die beste, aber einzige Ordnung haben. Chöre, die ewig Lobchoräle singen, können doch Gott nur erfreuen, wenn sie wissen, warum sie Ihn loben.

So gab Gott dem ersten freien Geistfunken (Sadhana) die Macht, anders zu denken als Er, damit er Ihn erkennen möge. Auch das Recht zu erschaffen, gleich oder ungleich Ihm, wurde dieser ersten Seele gegeben, damit sie sich überzeugen möge, daß

Gottes Schöpfungen gut und wahr sind. Sie erhielt ein unermeßlich hohes Maß an Kraft, um Gott erleben zu können. Denn wie hätte ein kraftloses Wesen einen unendlichen Gott erleben können? Über diese Kraft durfte Sadhana nun verfügen. Und sie wurde freigestellt, um das Gute, Göttliche ganz aufnehmen zu können und letztendlich ganz eins werden zu können mit Gott. Selbst das Recht, gegen Gott zu schaffen, und die Gedanken der Zerstörung waren frei, um auf dem Weg zur Vollendung die wahre Überzeugung zu erlangen.

Die erste Seele tat aber das, was uns heute noch beschäftigt. Sie tat das Gegenteil von dem, was Gott gutheißt: Anstatt mit Gott zu erschaffen und Ihm gleich zu denken, um sich vom Guten zu überzeugen, wählte sie das Gegenteil, bis zu dem Wunsch, Gott zu zerstören. Die Erkenntnis, daß sie mit ihrem Willen gegen den göttlichen Willen arbeiten kann, ließ sie glauben, daß sie genauso groß, ja noch größer als Gott sei, da Gott sie zu nichts zwingen konnte.

Die Entfernung von Gott gegen Seinen Plan der Vollendung schien ihr Triumph.

Sie hatte nicht erfahren, daß sie sich der Liebe immer mehr nähern sollte, um vollendet zu werden, sondern sie verfiel in den Rausch, ein eigenes Reich aufzubauen und zu schaffen, in dem *sie* das Ziel sein sollte.

Da Gott sie aus Achtung der Freiheit nicht zum Guten zwingen wollte, glaubte sie seitdem, Er könne nichts gegen sie tun. Und das ist das, was heute alle Menschen über die Leiden hinwegtröstet: Sie sind ja wer, sie haben trotzdem Macht und Ansehen, und das ist wichtiger, denn das können sie selber machen, hingegen scheint die Gesundheit doch Zufall oder von der Willkür Gottes abhängig zu sein. Und so ist das Wesen Sadhanas zum Ziel geworden: Herrschsucht und Trotz.

Nicht Gott schuf das Böse. Er wußte, daß es Liebe und Haß, Helfen und Vernichten, Ruhe und Unrast, Ordnung und Chaos, Leben und Tod, Barmherzigkeit und Härte, Demut und Hochmut gibt. Seine Seele, die wir 'Vater' nennen, ist das Urlicht der guten Kraft. Gott ist die Liebe selbst.

Die erste erschaffene Seele aber lebt seitdem im Gegenteil. Nicht verbannt, wie sie uns vorlog, sondern in ertrotzter Gottesferne, jederzeit fähig, sich von Gottes Ordnung zu überzeugen.

Gott und sie, weil sie alles Leben entstehen sahen, haben Zugang zu allen Seelen, die danach kamen, zu denen auch wir gehören. Wir haben nun das Recht, uns davon zu überzeugen, in wessen Reich wir leben wollen, gleich Kindern, deren Eltern traurigerweise zerstritten sind, und wo es nun gilt, bei jedem Punkt zu prüfen: Wer hat recht, und wie helfe ich meinen Geschwistern?

Immer wieder muß sich der Mensch entscheiden. Und die Gnade eines Erdenlebens besteht darin, daß man eine bestimmte Zeit hat, in der man Gutes und Ungutes tun darf, ohne dabei von der Erde verbannt zu werden. Man hat mit guten und unguten Menschen zu tun und erfährt hier deutlicher als irgendwo anders den Unterschied zwischen Gut und Böse. Hier erlebt jeder die ständigen Schöpfungen der luziferischen Seele, die der Mensch durch die aufgenommenen Gedanken in die Materie umgesetzt hat: Waffen, Unzucht, Drogen u. v. m. Jeder erlebt hier sein eigenes Schöpferischwerden, indem jeder Mensch seine Umwelt gestalten kann, einen Garten anlegen, komponieren, eine Wohnung einrichten usw. Jeder kann die beiden Komponenten, das gute Göttliche und böse Satanische so in sich einteilen, wie er will. So ist jeder von uns ein heimkehrender Sohn. Der Sinn des Lebens: die Bewußtwerdung der Polarität in allem und darüber hinaus die bewußte Entscheidung für die göttliche Liebe.

Die Seelen müssen wieder in Kontakt mit ihrem Geist kommen, der ihnen alle Antworten gibt und sie zu führen weiß, weil er wieder eins werden will mit seinem Vater. Kinder Gottes sein heißt, den Auftrag der Einswerdung anzunehmen. Das Kind geht zum Vater. Das Geistige erlöst die materielle Welt. Der Zerstörungsgedanke muß gestoppt werden von Einem, der stärker ist als alles Böse, damit die Schöpfung sich nicht auflöst.

Aber warum gibt es eine Erlösung bzw. einen Erlöser, wenn doch alles frei ist? Warum läßt Gott uns dann nicht in Ruhe unsere Erfahrung machen und Erkenntnisse sammeln? Eben weil dem Erhaltungs-

und Wachstumsgedanken der Vernichtungs- und Zerstörungsgedanke gegenübersteht. Und beide sind, wenn sie gedacht und getan werden, absolut wirksam und real. Und so wie Gott als der Ursprung alleine das Leben zu geben und zu erhalten weiß, ist auch niemand außer Ihm fähig, genügend Gutes in die Waagschale zu legen, um die zerstörenden Mächte aufzuwiegen. Letztendlich ist und bleibt bei aller Freiheit doch der Gedanke der Vernichtung schlicht gesagt eine Gemeinheit gegen den, der uns erschuf. Und da das Gesetz von Ursache und Wirkung auch von Gott nicht zu umgehen ist, da Er gerecht ist, kann Er die Seelen letztendlich nur durch das retten, was wir Erlösung nennen. Die Folgen, die uns eigentlich erwartet hätten oder bereits erreicht haben (Lebensunlust, seelischer und körperlicher Verfall, Naturzerstörung usw.), nimmt Er in Gestalt des Sohnes auf sich. Mit diesen Wirkungen hat die Christusseele dann zu tun und muß sie in sich überwinden, indem Er durch Seine guten Taten und Gedanken nach dem Gesetz von Ursache und Wirkung soviel gute Konsequenzen erlangt, daß die ganze Last des Bösen Ihn nicht besiegt. Doch täuschen wir uns nicht, indem wir sagen: "Gott ist Gott, der kann Seinen Schmerz ja abstellen, wenn Er will." Der Erlöser spürt genau das, was der Erlöste hätte spüren müssen. Erlösung und Heilung ist also keine Zauberei oder Zerstörung des Unguten, sondern genau das, was wir von Jesus wissen: Er trug das Kreuz, Er sprach: "Werfet alles auf Mich!"

Und der Satz "Hinabgestiegen in das Reich des Todes und nach drei Tagen auferstanden" ist keine rituelle Floskel, sondern eine köstliche Enthüllung darüber, daß Jesus bis in das Reich der größten Vernichtung gegangen ist und selbst dort angeboten hat, die Konsequenzen auf sich zu nehmen, um alles zu erlösen. Wie hätte Er mehr Leben in die Waagschale legen können, als es Tod zu überwinden galt, wenn Er nicht stärker gewesen wäre als Satan? Seine Auferstehung weist darauf hin, daß Er als Sieger von einer Fahrt wiederkehrt, die niemand durchschaut. Doch die Erlösung von den Konsequenzen erleben diejenigen noch heute, die diesem Erlösungswerk ihr Vertrauen schenken.

So klärt sich auf einmal der sogenannte 'Fall' Satans oder das, was wir 'Sünde' nennen. Es war und ist die Arbeit an der Zerstörung der Schöpfung. Sadhana durfte erschaffen, aber nicht vernichten. So schützt Gott das Leben, und Sadhana sucht nach Rache und Wegen, sich der Zerstörung zu bemächtigen. Und diese Wege sind die Gedanken. Da Sadhana uns nicht zerstören darf, muß sie uns dazu bewegen, ungute Gedanken und Kräfte aufzunehmen, damit wir uns und die Erde den abbauenden Konsequenzen ausliefern. Gott aber kann nicht zusehen, wie wir uns der Vernichtung überlassen. Schließlich gehört das Leben, gehören wir zu Ihm. Wir können Ihn nur bitten, daß Er uns erlöst aus den Fesseln der Gottesferne, daß Er die Erde erhält als heilige Lebensschule. Zu groß und gewaltig sind all die Lebensgeheimnisse, als daß wir sie begreifen könnten. Doch eines können wir tun: die Kraft des Lebens bewußt aufnehmen und in Kontakt mit unserem allwissenden Geistfunken treten, der zu uns über das Gefühl spricht. Wir können darauf achten, wobei wir uns erhoben, glücklich und frei fühlen oder wobei wir uns gefangen, beklemmt und unglücklich fühlen.

Die ungestörte Verbindung zu unserem Geist ist das Lebensziel, der reine Empfang des göttlichen Willens, die Reinheit.

Die Menschen müssen demütig werden und sagen: "Ja, Vater, ja. Lehre uns Deine Ordnung. Verzeih, daß wir nie danach fragten, uns nie erkannten und die Erlösung nie verstanden. So nimm die Last von uns, und laß uns im Nächsten einen Teil von Dir erkennen, daß wir im Manne den Bruder und Freund und in der Frau die Schwester und Freundin finden. Zeig uns, wie wir helfen können, daß alle zurückfinden, und schenk uns Kinder allein nach Deiner Ordnung, damit wir ihre Seelen hier auf Erden begleiten, bis sie Deine Liebe erkennen. Sieh, wir streichen die unguten Gedanken aus unserem Bewußtsein und öffnen unser Herz Deiner Gnade."

Reinheit ist also nicht mehr oder weniger als das: frei sein von unguten Gedanken und somit Taten.

Laßt uns die von Gott ausgehende Lebenskraft demütig empfangen und wachsam hüten, um zu erleben, wo das Geheimnis des Lebens seine Krönung feiert: in den Seelen! Mann und Frau ergänzen sich; die Seelen werden eins. Die Seelen und Geistfunken treten vor den Altar der Selbsterkenntnis und dort endlich ist Erfüllung, Heimkehr. Weit weg von den Sekundeneffekten der irdischen Welt spielt sich das Fest des Lebens ab und offenbart sich den gottgeeinten Seelen. Dort wird nicht mehr das Gute und Ungute verglichen, sondern hier vertrauen die Seelen ihrer Erfahrung und schließen voller Selbst- und Gottvertrauen das Buch über die "Macht des Bösen", wie Gott es immer in Seinem Reich verschlossen ließ und läßt. Und sie leben in dem, was sie und irgendwann auch die letzte bzw. erste Seele als wahr und gut erkannt haben werden.

Die Erbsünde, um schließlich das letzte Geheimnis preiszugeben, ist die Tatsache, daß die ersten Menschen nicht darauf gewartet haben, bis Gott ihnen die Art und den Zeitpunkt der Vermehrung gesagt hätte. Sie hörten auf die Stimme des Bösen. Das Essen der Frucht der Erkenntnis war das Aufnehmen seines Trotzes, und die Erkenntnis war die Bewußtwerdung, daß sie vor ihrer bestimmten Zeit nach eigenem Willen diese Energien, den Reiz aufkommen lassen konnten. Im Rausch dieser Selbstschaffersucht zeugten sie den ersten Menschensohn, doch sie selbst, noch unreif, verbrannten sich seelisch an den Energien, und der erste Schaden in der Menschheit, die erste abbauende Konsequenz trat ein. Deshalb die Warnung Gottes: "Esset nicht von der Frucht, bis Ich wiederkomme, sonst müßt ihr sterben!"

Diese Gier, dieser Trieb und der Kitzel des Körperlichen, der der ersten gezeugten Menschenseele miteingepflanzt wurde, kreist seither als Eigenliebe durch die Menschheit. Alle empfinden diese Lust mehr oder weniger, und immer wird diese Lust und die grobe Eigenliebe weitergegeben. Jeder Mensch empfängt einen Teil dieses Trotzes und dieser Ichsucht bei der Zeugung. Wer kennt die Gefühle der Einswerdung, die im Göttlichen verankert ist?

Erst wenn die Menschen ganz in die göttliche Führung kommen und sich in allem Tun die Art und den Zeitpunkt von Gott geben lassen, wird dieser Keim der Ichsucht nicht mehr fortgepflanzt, dann hat der Einfluß Sadhanas ein Ende, der Abbau ist gestoppt und somit das Paradies wiedergewonnen.

Unsere Eltern wußten es nicht mehr, aber unsere Kinder werden es erleben, wenn wir den Mut haben, uns davon zu überzeugen:

Reinheit.

Weiterhin im GRETE HÄUSLER-VERLAG erschienen:

Das Heil erfahren, das ist Wahrheit
Grete Häusler (Hrsg.)
ISBN 3-980 1302-3-1, Best.-Nr. 120.3

Mein Weg über den Abgrund
Petra Kruse
ISBN 3-927 685-40-2, Best.-Nr. 124.3

Ich lebe, damit die Menschheit wird weiterleben können
Grete Häusler
ISBN 3-980 1302-1-5, Best.-Nr. 120.1

Herzenssprache
Gedichte von Christoph Pesch
ISBN 3-927 685-23-2, Best.-Nr. 125.2

... Es liegt am Menschen selbst, wie er sich frei gemacht hat, um die Heilung zu empfangen. Das heißt, er muß rein sein. Er muß wissen, daß er sich verpflichtet und verbunden fühlt, mit dem Herrgott zu leben. Dann ist er rein.

Bruno Gröning